致敬弗洛伊德

Tribute to Freud

梅笑寒 刁诗琪　周荣胜
　　译　　　　校

广西师范大学出版社
·桂林·

ZHIJING FULUOYIDE
致敬弗洛伊德

Foreword by Norman Holmes Pearson: Copyright ©1974 by Norman Holmes Pearson. Used by permission.

图书在版编目（CIP）数据

致敬弗洛伊德 /（美）希尔达·杜利特尔（Hilda Doolittle）著；梅笑寒，刁诗琪译. 一桂林：广西师范大学出版社，2023.7
ISBN 978-7-5598-5714-9

Ⅰ. ①致… Ⅱ. ①希… ②梅… ③刁… Ⅲ. ①随笔—作品集—美国—现代 Ⅳ. ①I712.65

中国国家版本馆 CIP 数据核字（2023）第 077347 号

广西师范大学出版社出版发行
（广西桂林市五里店路 9 号　邮政编码：541004）
网址：http://www.bbtpress.com
出版人：黄轩庄
全国新华书店经销
广西广大印务有限责任公司印刷
（桂林市临桂区秧塘工业园西城大道北侧广西师范大学出版社集团有限公司创意产业园内　邮政编码：541199）
开本：787 mm × 1 092 mm　1/32
印张：11.125　　字数：194 千
2023 年 7 月第 1 版　　2023 年 7 月第 1 次印刷
定价：55.00 元
如发现印装质量问题，影响阅读，请与出版社发行部门联系调换。

目 录

序 言……I

作者前言……XVII

墙上的文字……1

圣 临……203

附 录……320

序 言

诺曼·霍姆斯·皮尔逊[1]

"那段过往,跟伦敦大轰炸一起,被实实在在地炸入我的意识之中。" H. D. 如是说。她于1944年首次书写的弗洛伊德为她精神分析的经历,就属于这过往的一部分。在弗洛伊德面前,在书桌上、墙上满是各种象征着历史的小摆设的咨询室里,她回到了自己的童年,回到了她婚姻的破裂、孩子的出生,回到哥哥在法国服役期间的死亡、紧随其后令她震惊的父亲的死亡,以及她与伦敦文学圈的关系破裂——其中包括奥尔丁顿、庞德和劳伦斯,所有人都分道扬镳。在20世纪30年代初的维也纳,随着这些事件投下的阴影越来越长,她开始将这些属于自己的历史碎片拼凑

---

[1] 诺曼·霍姆斯·皮尔逊(Norman Holmes Pearson,1909—1975),美国文学评论家,耶鲁大学教授。如无特殊说明,本书脚注均为译者、编者所加。

起来。面对一场新的战争，知道它即将到来，她就像恐惧上一场战争一样恐惧它。

弗洛伊德帮助她回忆，并且帮助她理解这些回忆。当《墙上的文字》(*Writting on the Wall*)结集成册，以《致敬弗洛伊德》(*Tribute to Freud*)为题出版之际，战争已经到来。毁灭不再是一种威胁，而成为一种现实。经验就是一张复写羊皮纸[1]。她再次意识到，对她而言，持续地回忆是如此重要。回忆弗洛伊德是重要的，因为回忆他也就意味着回忆自己曾同他一起回忆起的那些东西。"对我而言，它是如此重要，"她又写了一遍，"它是如此重要，我自己的传奇。是的，我自己的传奇。接下来，我要从中痊愈，然后重新创造它。"她在许多不同的意义上使用"传奇"这个词——指称故事、历史、叙述、阅读的材料、她自己的神话。H. D. 的战争年代为她重新带来了惊人的活力。从某种意义上说，沉寂多年的她，突然间写出了自己的战争三部曲、几部小说，以及数篇短篇，这些作品至今还未刊行。还有《在埃文河边》(*By Avon River*)的文本，《让我活下去》(*Bid Me*

---

[1] 由于羊皮纸成本高昂，非常珍贵，因此会重复使用。使用方式是用小刀把之前的字迹刮去，重新书写。所以一张羊皮纸上或有不同时期写下的文字，人们有时能从中辨认出下层的字迹。此处也暗指H. D. 作品《复写羊皮纸》(*Palimpsest*，1926)。

to Live)的草稿，以及《致敬弗洛伊德》。这些作品都是再创作。所有的文学作品都是如此。

《致敬弗洛伊德》的早期版本在美国已经绝版。作为那位杰出精神分析学家的非正式肖像，这本书一直都有着好的名声和魅力。在过去的两年里，英文版、法文版和意大利文版相继面世，不久之后还会有德文版。弗洛伊德的传记作者欧内斯特·琼斯[1]，在1956年的《国际精神分析杂志》（*The International Journal of Psycho-Analysis*）上发表了一篇书评，为这本书定下了基调。他说："这本书及其再合适不过的标题，无疑是迄今为止能够评述弗洛伊德人格的，最悦人、最珍贵的文字。只有富有创造力的艺术家才能写出这样的作品。它就像一朵娇花，使科学家不忍用粗糙的笔触去描绘，以免玷污了它。我只能说，我嫉妒每一个尚未读过此书的人，它将作为弗洛伊德传记文学中最迷人的一笔而永存。" H. D. 很高兴。倘若她还在世，也会对最近的赞

---

[1] 欧内斯特·琼斯（Ernest Jones，1879—1958），英国神经病学家和精神分析学家，弗洛伊德的官方传记作者，曾任英国精神分析协会和国际精神分析协会主席。

III

誉感到高兴;诺曼·霍兰德[1]在他关于诗歌创作和感受的精神分析研究《每个人的诗歌》中写道:"据我所知,没有哪个被分析者的记录能比这本书更详尽地描述弗洛伊德,包括他的技术,以及与他一起进行精神分析的体验。"而这本扩充版的《致敬弗洛伊德》包含的内容只多不少。

正如H. D. 在作者序言中所说的那样:《墙上的文字》"未参考1933年春在维也纳时做的笔记"。当时那些笔记被留在了瑞士。直到战后,她回到洛桑找到那些笔记,才开始写作"《圣临》,《墙上的文字》的续写或者序章"。《墙上的文字》是一种冥想,《圣临》则是它的注解。初版的《墙上的文字》没有收录《圣临》这一包含更多私人细节的部分,而现在,将它收入本书的第二部分再合适不过了。在当中,她为《墙上的文字》做评注,并对她自身以及自我之重要性进行了拓展。《圣临》即是见证。

她在《圣临》中写道:"我恰巧处在我父亲的科学与我母亲的艺术之光的边缘或半影中——那正是西格蒙德·弗洛伊德的精神分析学或哲学。我必须寻找一些新词,就像

---

[1] 诺曼·霍兰德(Norman Holland, 1927—2017),美国文学评论家。代表作《每个人的诗歌》(*Poems in Persons*, 1973)、《精神分析与莎士比亚》(*Psychoanalysis and Shakespeare*, 1975)、《文学与大脑》(*Literature and the Brain*, 2009)等。

教授寻找或创造新词来解释某些尚未被记录过的心理或存在状态。"之前当然已有记录存在，无论是弗洛伊德本人的，或类似奥托·兰克[1]的《英雄诞生的神话》。后者是她向弗洛伊德讲述自己关于埃及公主以及漂浮在芦苇丛中的婴儿的梦时，弗洛伊德特意推荐给她的。但弗洛伊德的确能——用H. D.的话来说——"跟上我富创造力的思维"。弗洛伊德知道她需要自己进行记录，没有人可以代劳。弗洛伊德热切关注着艺术的个体发生学。而神智学家范德莱乌[2]与H. D.在伯格街的会面也绝非偶然。

她在1932年写道："我开始大量地阅读精神分析的期刊、书籍，并开始研究西格蒙德·弗洛伊德。我与别人讨论前往维也纳与弗洛伊德本人见面的可能性。"讨论对象是在柏林认识的弗洛伊德的杰出的学生，同时也是她所在文学圈的成员汉斯·萨克斯[3]医生，他为H. D.做过精神分析。

1　奥托·兰克（Otto Rank，1884—1939），奥地利精神分析学家，弗洛伊德的长期研究合作者之一，曾经担任《国际精神分析学报》的主编。在《英雄诞生的神话》（*The Myth of the Birth of the Hero*，1909）中，他提出"出生创伤"（trauma of birth）的概念，用精神分析的方法解释了神话中诸英雄神奇的诞生经历。
2　J. J. 范德莱乌（Jacobus Johannes van der Leeuw，1893—1934），荷兰理论家、作家。他在1933曾经频繁前往维也纳拜访弗洛伊德，并因此认识了H. D.。
3　汉斯·萨克斯（Hanns Sachs，1881—1947），奥地利精神分析学家，弗洛伊德的好友，曾经参与过弗洛伊德的精神分析实验。

在稍早的1931年，H. D. 进行过一些不甚满意的精神分析，那是在伦敦的玛丽·查德威克处，一共二十四次，因为彼时她一个朋友的崩溃使她本人也面临崩溃。在更早的时候，一战行将结束时，她曾与哈夫洛克·霭理士[1]在布里克斯顿进行了一次非正式的精神分析。后来在1920年，H. D. 与他以及布赖尔[2]一同乘船前往马耳他和希腊，但这次同行似乎没在他们任何一个人心中产生难忘的影响。H. D. 因他对《关于思考与幻象的笔记》(Notes on Thought and Vision) 的冷漠态度而感到失望，她用诺曼·道格拉斯[3]的一句隽语来概括自己对他的主要印象："他只是盲人国里的独眼人罢了。"

在弗洛伊德更完整的视野中，她同时找到了刺激与鼓励。在《圣临》和《墙上的文字》完成多年后，她又一次回到了对他的回忆中。她即将走到人生的终点，在因髋骨骨折而入院治疗时，她写道："当然，正如教授所说，'总

---

[1] 哈夫洛克·霭理士（Havelock Ellis, 1859—1939），英国性心理学家、思想家、作家，著有《性心理学》《性心理学研究》等。
[2] 布赖尔（Bryher, 1894—1983），原名安妮·威妮弗雷德·埃勒曼（Annie Winifred Ellerman），英国历史小说家，其笔名"布赖尔"出自英国西南部锡利群岛中的一座岛屿名。布赖尔出身船商家庭，家境富有，在20世纪20年代帮助了包括乔伊斯在内的许多作家。1918年，布赖尔与H. D. 相识，开始了一段长久的开放式关系。
[3] 诺曼·道格拉斯（Norman Douglas, 1868—1952），英国作家。

有一些事物有待发现'。我感到他说的就是他自己（这句话是在一个非正式的时刻说出的，那时我正要离开）。仿佛我所说的东西是什么新的事物，他甚至觉得我对他而言是一种新的体验。他一定也这么看其他人，但我却感受到了他那私人的喜悦，因为我是新的。每个人都是新的，每个梦与梦之间的联系都是新的。即便在年复一年细致、艰辛的研究之后，这一切仍然都是新的。"

新鲜感产生于弗洛伊德的那些小摆件与H. D.的回忆之间，那时它们的语境已经发生了变化。我们总是在重新创造历史。当她身处弗洛伊德的咨询室，被他那些珍宝环绕，回忆起童年的细节时，她是在重新定义她的童年以及这些小摆件。她记录过一个梦："'我的母亲，我的母亲……'我哭着，猛烈地抽泣，流泪，流泪，流泪。"H. D.的母亲是摩拉维亚教会[1]的教徒，非常热衷于密仪和爱筵。她会作画，是一位音乐家，并且对弟弟，即H. D.的舅舅J. 弗雷德·沃利（J. Fred Wolle）进行了音乐启蒙。沃利于H. D.童年时期曾在摩拉维亚教会担任管风琴师，之后又在慕尼黑学习了管风琴与复调音乐。正是他创立了迄今已经七十五

---

[1] 摩拉维亚教（Moravian），新教宗派之一，起源16世纪的波希米亚宗教改革，得名于18世纪的摩拉维亚新教徒流亡运动。

周年的巴赫音乐节，这使得伯利恒闻名遐迩。H. D. 的祖父（文中的"爸爸利"），弗朗西斯·沃利牧师，是《美国的鼓藻》(*Desmids of the United States*，1884)、《美国的淡水藻》(*Freshwater Algae of the United States*，1887)，以及《北美的硅藻》(*Diatomaceae of North America*，1890) 的作者。他会使用显微镜，但对他的家庭而言更重要的是，直到1881年退休，他担任摩拉维亚教会神学院院长长达二十年。H. D. 一直身处摩拉维亚教的氛围之中。

H. D. 的父亲年纪比较大，并且正如她一直推测的那样，是一个"外来者"，而她是这个再婚的鳏夫的孩子。他是中西部地区的新英格兰人，教授数学，是一个天文学家，会在夜里描绘星图，直到第二天中午才起床。"我一生中从未收到过他的信。只在极少数情况下，当他出远门时，母亲会和我们分享他的来信。他有时会写一些古怪的韵文。"

她觉得自己是父亲最喜欢的孩子，而母亲最喜欢哥哥。"但母亲是缪斯，是造物主，于我而言尤其如此，因为我母亲的名字是海伦。"她在《圣临》中写道："很明显，这些都是我继承来的。这种想象的能力，继承自我那音乐家、画家母亲。"但这种继承关系并不简单。"'我的母亲，我的母亲……'我哭着……"正如她在其他作品中写到的："她只觉得自己令父亲感到失望，而在母亲眼中是一只古怪的小鸭子。"

查尔斯·杜利特尔生于1843年。他的第一次婚姻是在1866年的密歇根,第二次婚姻在1882年,与海伦·沃利。H. D. 出生时,他四十三岁,在里海大学担任数学与天文学教授。1895—1912年,他在宾夕法尼亚大学担任天文学教授,同时是位于费城市郊上达比镇的花卉天文观测台的主管。他是一位拥有荣誉学位的科学家,撰写了一系列关于天顶仪观测结果的专著,以及《实用天文学在航海中的应用》(*Practical Astronomy as Applied to Geodesy and Navigation*,1885)。他的儿子埃里克·杜利特尔(Eric Doolittle,1869—1920)继承他的教职以及主管职位。

H. D. 小时候有时会将威廉·莫里斯[1]当成自己精神上的父亲。"他是我从未拥有过的教父……直到十六岁之前(就像我所说的)我都对他所知甚少。我那时正在戈登女士学校[2]上学,皮彻女士给了我一本他的书;在那之后不久,埃

---

[1] 威廉·莫里斯(William Morris,1834—1896),英国设计师、小说家、诗人。他设计、监制或亲手制造的家具、纺织品、花窗玻璃、壁纸以及其他各类装饰品引发了工艺美术运动,一改维多利亚时代以来的流行品味。
[2] 戈登女士学校(Miss Gordon's school)是 H. D. 在进入贵格会中央学校(Friends' Central School)之前就读的学校,她在那里学习了古典学和外语。参 Snodgrass, Mary Ellen, *Cliffs Notes on American Poets of the 20th Century*. Boston: Houghton Mifflin Harcourt, 2015: 36。

兹拉·庞德为我读诗。皮彻女士给的那本书是关于家具的，也许只是一些古怪的介绍而已。但我父亲曾经依照威廉·莫里斯的设计，为我的房间打造了一把长椅，还在楼下打造了一些书柜。父亲小时候做过木匠学徒。这个'威廉·莫里斯'父亲也许会将我送去一所艺术学校，但那位天文学和数学教授坚持要我去大学。他希望最终（他甚至这样说过）将我塑造成一个数学家，一个研究员或科学家，（他甚至这样说过）像居里夫人那样。他的确将我塑造成了一个研究员，但完全是在另一个维度上。我很晚才发现威廉·莫里斯，并且完全事出偶然，尽管我们被告知'世上没有什么事情是偶然的'。我必须在艺术家与科学家之间做出选择，因为我的人生全取决于此。在大学坚持到第二年，我经历了一场轻微的崩溃，然后计划与埃兹拉·庞德订婚。"

她做出了自己的选择，但父母不认可这个女婿。她离开了布林莫尔，离开费城前往纽约，之后又离开纽约前往伦敦。从那以后她就一直孤身一人。她希望得到母亲的爱，也同样渴望父亲的爱。他们都出现在了她的"传奇"中。她的诗《致敬天使》("Tribute to the Angels")与《墙上的文字》写于同一年。其中她问道：

>这母亲－父亲究竟为何
>
>撕扯着我们的五脏六腑?
>
>这令人不满的对偶究竟为何
>
>让你永远无法满足?

她在《圣临》中写道:"房子以一种难以言喻的方式依赖于父亲－母亲。在整合或更新的节点上,丝毫没有关于那种矛盾的忠诚感的冲突。"这是她所追求的整合,这时她终于能理解自己的记忆,并说出:"我拥有我自己。"

然而,逃离对她而言是必要的一步。她在1950年回顾过去时,曾给我写了一封信,信中说道:"我认为我之所以不喜欢布林莫尔大学并不是因为它。大学的第二年被我与E. P.[1]的恋情闯入了,甚至可以说被拦腰斩断。毕竟在当时,他为我的逃离提供了一个刺激或冲动——这在那时至关重要。我当时正感到自己仿佛从两张凳子间掉落,一边是母亲的音乐圈子,一边是父亲和同父异母的哥哥的星光!但我确实找到了自己的路——这部分要感谢E. P.,也感谢R.

---

[1] 即埃兹拉·庞德。H. D. 十五岁时与庞德相识并成为恋人,大学时订婚,但在庞德1909年前往英国之后,两人的婚事不了了之。1911年H. D. 在庞德的劝说下前往英国。1912年庞德将H. D. 的诗作作为意象主义的典型推介出去,H. D. 从此步入诗坛。

A.[1]和劳伦斯,以及其他人。"

但她后来与理查德·奥尔丁顿分居,并最终离婚。这正是她在《让我活下去》一书中所讲述的故事。奥尔丁顿在《英雄之死》(*Death of a Hero*)中讲述了他的版本。这也是约翰·库诺斯(John Cournos)的《米兰达大师们》(*Miranda Masters*)的主题。D. H. 劳伦斯也在《亚伦的神杖》(*Aaron's Rod*)中简略地涉及过这个故事,但几乎没有什么详细的情节。

劳伦斯在《致敬弗洛伊德》中频繁出现,尤其提到了他的《死去的人》[2]。在《让我活下去》中,他扮演了一个重要角色,他拥有着荣耀[3]。然而,《圣临》里描述的那场告别却显得费解:"'我希望与你永不相见。'他在最后一封信中写道。"也许这与 H. D. 在看了哈利·莫尔撰写的劳伦斯传记之后对自己的评价有关。她说:"我已经读完了这本书最后的三分之二。我事无巨细地回顾了自己的感受,并发现

---

1 即理查德·奥尔丁顿(Richard Aldington,1892—1962),英国诗人、小说家。1913年与 H. D. 结婚,二人于1937年离婚。
2 《死去的人》(*The Man Who Died*,1929),D. H. 劳伦斯生前发表的最后一部中篇小说,原名《逃跑的公鸡》(*The Escaped Cock*),以寓言的形式重新阐释了基督教义。
3 原文为法语"gloire"。H. D. 在《让我活下去》中用"gloire"指代一种超越性别界限的写作能力,类似于伍尔夫的"雌雄同体"(androgynous)。

自己的某些问题得到了确认,比如关于弗洛伊德的一些事情。劳伦斯本能地反感弗洛伊德,弗里达[1]却更为明智地支持他。而早在我'来到'弗洛伊德身边之前,弗里达就已经同我谈论了'爱',那是在马德里加尔的客厅里(据《让我活下去》),但那天的谈话并没有进入到我的浪漫幻想中。当时,偌大的房间里只有我和弗里达两个人,弗里达说她曾经有一个朋友,一个年长的男人,他对她说:'如果爱是自由的,那么一切都会是自由的。'而就在前一个晚上,或是之前不久,劳伦斯说过弗里达会永远在他右边,而我也会永远在那里——在他的左边。弗里达在和我独处时说:'但劳伦斯对女人其实并不上心,他只对男人上心。希尔达,你根本不知道他是怎样的一个人。'"

庞德对弗洛伊德激烈的反对使得他与 H. D. 的友谊开始降温,尽管在庞德于圣伊丽莎白医院[2]住院期间他们的关系又逐渐回暖。他在一封未曾发表的1954年写给 H. D. 的信中表达了对于弗洛伊德的不满:"我不可能痛打他们每一个人,如果你已感受到/那卑鄙的弗洛伊德的无稽之谈/但愚

---

[1] 即弗里达·约翰娜·里希霍芬(Frieda Johanna Richthofe,1879—1956),德国作家。1914年与 D. H. 劳伦斯结婚。她被认为是《查特莱夫人的情人》(*Lady Chatterley's Lover*)的原型之一,并且成功推动了该书的舞台化。
[2] 这里指的是位于华盛顿特区的圣伊丽莎白精神病医院,庞德曾长期在这里接受治疗。

蠢的姐妹们早已将所有的好作家埋葬/……而不是继续阅读那但丁留下的清单/……你已经误入歧途，我亲爱的[1]。但如今悬崖勒马犹未为晚。"[2]

其他人的地位远没有这三人重要。斯蒂芬·黑登-格斯特[3]更像是一位泛泛之交。阿瑟·戴维·韦利[4]至多是一位熟人。布赖尔的丈夫肯尼斯·麦克弗森[5]则与H. D. 更亲近一些，H. D. 喜欢他的小说和陪伴。正是由于他电影导演的身份，使得她能在《边界线》(Borderline)中与保罗·罗伯森同台表演。而在他担任编辑的《特写》(Close-Up)杂志上，她也撰写了一些关于电影的文章。但他们中没有人拥有荣耀。弗洛伊德是个例外。

J. J. 范德莱乌更像是一个符号而不是一个人。事实上，除了《致敬弗洛伊德》中关于他的两个片段之外，H. D. 对他所知甚少，直到1957年我才有机会向她讲述更多并寄给她一些他的作品。他的书经常被再版，包括《被流放的上

---

[1] 原文为法语。
[2] 引自Pound to H. D. © 1974 by the Estate of Ezra Pound。——原注
[3] 斯蒂芬·黑登-格斯特（Stephen Haden-Guest，1902—1974），第二代埃塞克斯郡黑登-格斯特勋爵（Baron Haden-Guest），曾任美国地理学会的顾问。
[4] 阿瑟·戴维·韦利（Arthur David Waley，1889—1966），英国汉学家、翻译家，译有大量中国诗歌，以及《金瓶梅》和选译本《西游记》。
[5] 肯尼思·麦克弗森（Kenneth Macpherson，1902—1971），苏格兰小说家，在布赖尔与罗伯特·麦卡蒙（Robert McAlmon）离婚的同年与布赖尔结婚。

帝》(*Gods in Exile*)、《创世的火焰》(*The Fire of Creation*)、《幻象的征服》(*The Conquest of Illusion*),以及《基督教信仰的戏剧性历史》(*The Dramatic History of the Cristian Faith*)。他出生于1893年,1914年加入了神智学会,在1930—1931年间担任荷兰分会的总干事。他创办了针对年轻人的实用观念论者协会(*Practical Idealist Association*),并且组建了新教育联盟(*New Education Felloship*)。他在澳大利亚短暂居住过。至于他是如何来到伯格街的,目前尚未有公开的记录。H. D. 在回忆中经常想起他:"我曾经记录了关于J. J. 范德莱乌的事情,也记录了1933年听闻他过世之后自己遭遇的病痛与崩溃。我把他与我哥哥,以及我在待产中无法'接受'的哥哥在法国身亡的事实联系了起来——之后,我把父亲的死亡也和他联系在了一起。死亡与我们如影随形。"

"死亡和诞生——伟大的体验。"H. D. 如是说。艾米丽·狄金森(Emily Dickinson)总是谈论死亡,而H. D. 对两者都青睐有加——她也谈论重生。艾米莉·狄金森是一位卓越的女性;H. D. 则更具女性气质一些。我们能在《致敬弗洛伊德》中感受到她经验的丰富性,也能感受到弗洛伊德的回应中那娴熟的温情。她会记住某个人或某段话并与弗洛伊德分享,而他也会从桌子上拿起与之对应的艺术品或是象征物。对此,她直到1955年寓居屈斯纳赫特时仍旧印象深刻。她写道:"沙发靠着的墙面上挂着一张照片,上面是成堆的书籍、手稿和信件,教授坐在他的桌前。他身后有许多书,桌子上有一些书和纸张,以及他喜欢与珍藏的雕像,也许(尽管我没有辨认出来)还有那件他曾放到我手心里的来自埃及的奥西里斯的雕像。'这就是应答者,'他说,'因为奥西里斯会回答人们的问题。'"

墙上的文字提出了问题。奥西里斯在弗洛伊德的帮助下,向她指明了通往答案的道路。就像 H. D. 在《致敬弗洛伊德》中所言——"梦中的图形文字、象形文字,是全人类共同的财富;在梦中,人类仿佛回到时间之初,说着共同的语言,对无意识或潜意识有着共同的理解,他们能够跨越时间与空间的障碍;人,拥有理解力的人,将会拯救人类。"至少,人可以书写。

纽黑文,康涅狄格

1973年7月

作者前言

《墙上的文字》，献给无可挑剔的医生，西格蒙德·弗洛伊德。写于1944年秋，伦敦。未参考1933年春在维也纳时做的笔记。

《墙上的文字》曾见于《今天的生活与书信》(1945—1946年于伦敦出版)。

《圣临》，是《墙上的文字》的续写或者序章，直接取自1933年的旧笔记，但1948年12月才在洛桑结集成册。

H. D.

墙上的文字

1

那是1933—1934年的维也纳,我住在自由广场[1]旁边的雷吉娜酒店。桌上有一本小小的日历。我算着日子,划掉已经过去的日期,清点着周数。我的精神分析次数有限,而时间又流逝得如此之快。当我把钥匙放在前台时,行李搬运工说:"等哪天,你能代我向教授问个好吗?"我说如果有机会的话,我会的。他说:"啊对了,还有教授夫人!那真是位了不起的女士。"我说自己还没有见过教授夫人,但听说她是教授的完美妻子,再也没有(有吗?)比这更高的赞美了。他又说:"你知道伯格街吗?等到,唔,在教授去世以后,它将改名为弗洛伊德街。"我沿着伯格街一路走

---

[1] 自由广场(Freiheitsplatz),即今罗斯福广场(Rooseveltplatz),位于维也纳第1区和第9区交界处,沃蒂夫教堂(Votivkirche)旁边。1920年,为了纪念两年前奥地利共和国的成立而被命名为"自由广场"。雷吉娜酒店(Hotel Regina)至今仍存,H. D. 曾旅居于此。

去，拐进那个熟悉的入口：维也纳9区，伯格街19号，就是这里了。石阶很宽，一侧带扶手栏杆。有时我会遇到从楼上下来的人。

石质楼梯是弧形的。平台上有两扇门。右边的一扇是教授工作场所的门，左边的一扇，则是弗洛伊德一家的门。很显然，两套公寓这么安排就是为了尽量分开家人与病人或者说学生。于是，一边是属于我们的教授，一边是属于家庭的教授。那是一个大家庭，多有瓜葛，姻亲、远亲、家族朋友都在其中。楼上还有其他公寓，不过，除了排在我前面接受精神分析的人以外，我很少在楼梯上遇到别人。

接受精神分析的时段已经为我安排好了，一周五天，其中四天从下午5点到6点，一天从中午12点到下午1点。这是第二轮精神分析的时间安排，我做了记录，是从1934年10月底开始的。我离开瑞士，准确地说是战争[1]开始后，许多书籍、信件都被我落在了那里，其中包括1933年在维也纳时写的日记。我隐约记得，教授有意为我安排了与第一轮精神分析相同的时段，因为我常对他说，傍晚是我在一天中最喜欢的光景。无论如何，我一共有五周时间，最后一次是在1934年12月1日。相比来说，第一轮分析持续

---

[1] 指第二次世界大战。

时间更长，开始于1933年3月，有三到四个月。我原本没有再回维也纳的打算，但1933年夏天到1934年秋天之间发生了太多事情。我听说了陶尔斐斯事件[1]的新闻，虽然多少令我不安，可也没有影响到我个人。我回到维也纳是因为我听说了关于我偶尔遇到的、从楼梯上下来的那个人的消息。他在约翰内斯堡的一场会议上做了讲话，开自己的飞机去的。返程途中，他在坦噶尼喀[2]坠机了。

---

[1] 指时任奥地利总理恩格尔伯特·陶尔斐斯（Engelbert Dollfuss，1892—1934）被纳粹分子刺杀。
[2] 坦噶尼喀（Tanganyika），位于非洲东部的坦桑尼亚。

2

我并没有经常在楼梯间遇到他。他会在教授的书房或者诊室里拖延片刻，继续与教授谈话。如此一来，我就碰不见他，因为在大厅里挂好外套后，我会被直接带入等候室。或是，他会在我准备进入教授的房间时刚好从里面出来，在我挂外套和帽子时来取走他的衣帽。他个头非常高，看上去像英国人——却又有哪里不太对。后来我才知道，他在拿到欧洲大陆的学位之前或之后，在牛津待过一段时间。无论如何，他绝不是德国人，也不是美国人；但这怎么看得出来呢？不过，我对他的第一印象的确没错——"像英国人，却又有哪里不太对"，其实，他是荷兰人。

很久以后，我才知道他的名字是J. J. 范德莱乌。有一次他受教授之托，来和我商量交换分析时间的事。那是夏日里的一天，在郊外的一座大宅子里，位于德布灵，弗洛伊德一家到这里避暑。那天应该是在1933年的6月末或者

7月初。在那里，接待我们的方式比较随意，没有在教授自己家里的那种真实感或现实感。不过，我没有在市郊这座属于陌生人的宅子里与维也纳永别。我又回来了。

我向教授说明了我回来的原因。在我接受第一轮分析的时候，教授七十七岁，我四十七岁，范德莱乌博士相对年轻许多。教授和我说，大家都管他叫"飞翔的荷兰人"。他是位杰出的学者，因公务来这里跟随教授一起研究如何把精神分析的理念应用于通识教育，从而追求一个更宏大的实际目标：促进国际合作与理解。他家境优裕殷实，有影响力，出身高贵，在荷属东印度拥有大片种植园，并曾经为了调研神秘学而游历印度。在那边，他接触到一位老师或是年轻的信徒，体验了东方式教育。但这没有令他感到满足，他还想用灵性的法则来解决当今的严重问题。在我看来，他是成就这项绝佳事业的绝佳人选。教授不曾和我说过，范德莱乌博士自己知道，他出色的飞行能力与他内心深处的欲望或者说潜意识中的倾向有所联系。"飞翔的荷兰人"自己知道，只要是在空中——在那适合他的环境中，他便很容易飞得过高，飞得过快。"这才是我真正关心的问题，"教授说道，"现在我可以告诉你，这是我和他都真正关心的问题。"教授又补充道："上次他走后，我感觉找到了解决办法，我真的有了答案。但已经太晚了。"

我对教授说:"每当我在楼梯间与范德莱乌博士擦肩而过,抑或在大厅里看见他时,我总感到高兴和安全。他看上去是那么自信,那么稳重。而且你曾和我讲过他的工作,我一直觉得他是那个最适合接下火炬,继承你思想的人、而且不因循守旧。我觉得,你和你现在以及未来的工作,无不是特别留赠给他的。对的,我知道体量庞大的国际精神分析协会里有研究人员、医生、受过培训的分析师,很多很多人!但是范德莱乌博士和他们不一样,我知道你也深有同感。我回维也纳,是想向你表达我的遗憾之情。"

教授说:"你来接替他的位子。"

3

我并不是有意识地想起这位"飞翔的荷兰人",把他与我的写作联系在一起,或者把他编织进我的遐想中。我自身的问题,以及我对无意识或潜意识模式的展开所持有的强烈、活跃的兴趣,似乎都跟他没什么关系。他风度翩翩,体面大方,显然拥有过人的才识和物质条件。我想,我是很羡慕他那种能够让人一目了然的简单性格的。他有种知识分子的风貌,却又很外向,带点外交官甚至商人的气质。没有人会认为他受过苦难或困扰,他的身上似乎也没有什么狂飙突进[1]。他看上去像是个学者,确实是,但不是那种性情内敛的书呆子。你可以说,他那副体格,就同那身灰色还是蓝色的衣服一样,契合他的完美和儒雅。你可以说,

---

[1] 这里借用了18世纪晚期德国文学运动名称(Sturm und Drang),该运动主张个性解放,注重感情,反对教条。

他的灵魂契合身体,思想契合头颅。前额高且饱满,眼神深邃,闪烁着水手眸子里才有的蓝光。蓝灰色的双眼开合之间,是一片灰蒙蒙的北海。对,平静,冷冽,深邃,更无波澜,你可以说。我后来才意识到,没错,他确实像墨丘利[1],他就是墨丘利。

我想,那个飞行的使者的名字——希腊人的赫耳墨斯,罗马人的墨丘利,从未在我和教授谈话中出现过,除了有一次间接提及,我说在我的梦境里,看见集市广场上著名的拉斐尔·唐纳喷泉里有尊雕像。那是一座优美的喷泉,河神斜倚,两男两女。我还梦见了一个我在伦敦认识的青年,他不姓布鲁克斯[2],但印象中他的姓氏的确有河溪之意,我们在这里姑且叫他布鲁克斯。我在梦中把这位年轻的布鲁克斯先生与喷泉中较年轻的男河神联系了起来。就是那时,我对教授说,那尊斜倚着的铜像与博洛尼亚创作的蓄势待发的墨丘利有些相似。我俩一致认为,拉斐尔·唐纳喷泉中的雕像更具吸引力和独创性。不过,如果我们把喷泉中斜倚的河神拉起来,站立的他或许会与墨丘利有几分相似;或者反过来,把墨丘利放倒在地,枕肱的他庶几可充

---

[1] 墨丘利(Mercury),罗马神话中的神使,也司畜牧、商业、交通等。对应希腊神话中的赫耳墨斯(Hermes)。
[2] 布鲁克斯(Brooks),常见姓氏,有"溪流"之意。

喷泉中的铜像。我们的教授总是以这种迷人的方式来赞同一个观点：给予其公正合理的肯定，又不夸大其中不重要的细节，因为这在当时显得并不重要。

或许现在这依旧不很重要。不过，事后回顾思想在当时是如何缓缓移动的，很有意思。我因为拉斐尔·唐纳的雕像而想到了墨丘利，继而又联想到那位迷人却并不重要的伦敦青年，而每次在我接受精神分析的前一个小时，维也纳的翩翩君子，恰好就倚靠在我坐的这张沙发上。正如我说过，我并不是有意识地想起范德莱乌博士，或者把他编织进我的遐想中。哪怕在他坠亡以后，我也没有把他视作墨丘利，那众神的使者、亡灵的接引。

他是位陌生人。我对他所知甚少，我们只在维也纳郊外德布灵的那座宅子里有过一次交谈。那时，教授在宽敞而陌生的客厅的另外一头朝他招手，范德莱乌博士鞠了一躬，用漂亮又礼貌的德语对我说，夫人[1]，你是否介意明天彼此交换一下时间？我用英语答道，完全不介意，我可以4点去，他5点。他善解人意地用英语向我欣然致谢。那是我第一次，也是最后一次和"飞翔的荷兰人"说话。我们交换了"时间"。

---

[1] 原文为德语。

4

教授那时七十七岁了。他的生日在5月,是个重要的日子。那座陌生宅子里的诊室中放着他的一些珍藏,还有他那张著名的书桌。房间的布置相同,除了那张书桌。之前桌上放了半圈珍贵小巧的艺术品[1],现在同样的位置则精心摆放着一组花瓶,每个花瓶里都插着一枝或成束的兰花。我空手见教授。"很抱歉,我没有礼物送你,因为我始终没有找到合意的东西,"我说,"无论如何,我都想给你一些不一样的。"我的话很可能听起来有一丝不经心,或一丝傲慢,甚至两者都有。我不知道教授对我的话作何理解。他示意我到沙发上坐,就我对他生日表现出的随意态度不置可否。

我没有找到合意的东西,也就没有送他礼物。在之前伯格街的房间里时,我们有一次聊到了曾经的旅行。有时

---

[1] 原文为法语。

教授竟然了解我去过的那些地方，有时它可能就隐藏在雕像或画中。比如，沙发上方挂着一幅卡纳克神庙[1]的老式钢雕画。我拜访过这座神庙，教授则不曾去过。但那次我们聊到的是意大利，我们一起回忆了罗马。时间被我们拨过去，又拨回来。岁月如梭，牵着一条丝线，把我的图案编织进教授的图案中。"啊，西班牙大台阶。"教授说道。"那些杏树的枝条，"我说道，"在那么多的鲜花和花篮之中，我印象最深的还是杏树的枝条。""但是，"教授说，"那些栀子花！在罗马，连我都买得起一朵栀子花戴在身上。"他没有通过那段回忆虚构过去或召唤未来，不如说，那是一个在过去的现在，或者一个在未来的过去。

我甚至可以为了一枝或一簇栀子花而寻遍维也纳，但没能成功。之后某年，我从伦敦写信给一位当时在维也纳的朋友，一位英国留学生，拜托她代我尽量为教授的生日找寻一簇栀子花。她在回信中写道："我到处都找遍了。但花商告诉我说，弗洛伊德教授喜欢兰花，人们都订兰花给他庆祝生日，他们认为你可能想知道这一点。我代你送去了一束兰花。"

---

[1] 卡纳克神庙（Temple at Karnak），埃及中王国及新王国时期首都底比斯的一部分。太阳神阿蒙神的崇拜中心，古埃及最大的神庙所在地。

5

要再过一段时间,教授才会收到我送去的栀子花。不是在他的生日,也不是在维也纳。在伦敦,我去了他的新家探望他。不久前他流亡到了那里。那是一幢带花园的大宅子。教授那些著名的藏品,比如希腊、埃及的古董,中国还有其他东方国家的各色珍宝,都引人讨论纷纷,担忧忡忡。尽管教授的家人们很怀疑,这些藏品且不说全部,就连一件能不能完好无损地运到都成问题,那些箱子终于还是送来了。箱子能够顺利抵达,至少要感谢教授的好友兼弟子的大方襄助,那就是玛丽·波拿巴夫人,即希腊的乔治公主[1],教授称她为"公主"或者"我们的公主"。看到

---

[1] 玛丽·波拿巴(Marie Bonaparte,1882—1962),法国精神分析学家,拿破仑的曾侄女。1907年与希腊国王乔治一世的次子乔治王子结婚,成为希腊公主。玛丽是弗洛伊德的忠实追随者,她将弗洛伊德的许多著作翻译成法语,终生致力于精神分析学的普及。

他书桌上摆着几尊希腊的雕像,我表示惊讶。1933年我在维也纳郊区初次拜访那座宅子时,在那夏日的房间里见到的书桌,似乎与眼前的是同一张,但此时已是1938年的秋天了。"你是怎么把这些从维也纳带过来的?"我问他。"我没有把它们带过来,"他说道,"公主在我抵达巴黎之前就把它们先送了过去,好让我在那儿有家的感觉。"如今这个阴险、邪恶的世界里,还是有忠诚与美好的。那趟飞行,是非常骇人的旅程。早在五年前还在维也纳时,他便告诉我,旅行对他来说已经是不可能的了,他那位随传随到的高明大夫就明确禁止过。(如果我没弄错的话,在此次跨越欧陆的旅程中,这位忠实的朋友陪伴着教授。)看着这张熟悉的书桌,以及桌上那些熟悉的新旧雕像,很难相信这里是伦敦。确实,不妨把这里当作一个有点熟悉的临时住处,就像德布灵那座用来避暑的宅子一样。从地理位置来看,这片宜人的城区之于伦敦,不啻德布灵之于维也纳。只是,本来将更名为弗洛伊德街的伯格街是再也回不去了。

6

但至少在想象中,在向晚的薄雾里,我还可以继续探索,搜寻。栀子花也许就在某个地方。我在西区的一家花店里找到了,潦草地在一张卡片上写:"迎接诸神归来。"教授收到了栀子花。我收到了他的信。

亲爱的H. D.,

我今天收到了一些花。不知是碰巧还是有意,这是我最喜欢、最欣赏的花。卡片上有几个字"迎接诸神(其他人读作'诸物'[1])归来",没有署名。我猜这份礼物是你送的。如果我猜对了,不必回信,只须接受我对这番美意的衷心感谢。

> 总是爱你的,
> 西格蒙德·弗洛伊德

> 马里斯菲尔德花园20号
> 伦敦,N. W. 3
> 1938年11月28日

---

1 原文为"Gods"和"Goods"。

7

此后我只再见过教授一次。又是夏天。法式落地窗大开着,外面是一片宜人的草坪。整齐的架子上,诸神或者说诸物各安其位。我不是单独与教授待在一起的。他静静地坐着,似怀怅然心事,沉默少言。我担心,同往常一样担心自己会冲撞、干扰他的超然,消耗他的精力,虽然在这件事上我别无选择。还有其他人在场,谈话以一种秩序井然、规矩传统的方式进行着。像诸神或者说诸物一样,我们围坐成一个舒适的圆圈,在表面上维持着井然有序的宾主之谊,尽管按理来说也属得体。空气中有一种置身事外的安全感,至少没有人说起不久前的灾难,也没有人提及不确定的未来。世界大战宣告爆发不久,我在瑞士听闻,伦敦官方新闻宣布,开拓了无意识的知识领域,精神分析学的创立者、改革家,西格蒙德·弗洛伊德医生,去世了。

8

我原本写下的是"走了",但我故意把它划掉了。是的,他去世了。对此我没有过多情感波动。教授已经是位老人,他八十三岁了。战争正降临在我们头上。我没有因教授而伤悼,也没有思念他。他免受了这么多的苦难。他的研究仅在健康和不健康的思想肌理上开展,但你可以说,他研究的是当代思想。换言之,通过提出"个人的童年是人类的童年",他将过去带入现在,还是说他的观点正好相反——"人类的童年是个人的童年"?无论如何(不管其中哪个是他的观点,这两种说法都是对的),他打开了无意识这扇特殊领域的大门,进而证明了那些鲜为人知的原始部落的特点和倾向,以及在业已消失的文明中的那些仪式所具备的形态和本质,都仍深深扎根于人类的心灵中,如果你愿意,也可以说是人类的灵智中。不过根据他的理论,灵魂是明确存在的,或者说,在心灵陷入迷狂或者紊乱状态时，灵魂借助心灵和身体的媒介，在其中显现出来。关于更大的超验问题，我们从未争论过。但很明显，我们骨子里潜藏着一个分歧。我们走到一起是为了证实一些东西，我不知道那是什么。但有一样东西在我的脑中跳动——我没有说"心中"，而是"脑中"——我想要将它释放出去。我想要把自己从不断重复的想法和经历中解放出来，而这些反复出现的想法和经历，既属于我，也属于与我同时代的许多人。我不清楚我想要的具体是什么，但我知道，我和我在英国、美国和欧洲大陆认识的大多数人一样，在漂流。我们在漂流。漂去哪里？我不知道，但至少我接受了这个现实，我们在漂流。至少，我知道这一点——我要避开（在我被无法避免的事件所汇成的潮流卷入大流，继而随瀑布飞坠之前），如果可以的话（如果还来得及），清点我的所有。你可能会说我，对，我拥有一样专属于我的东西。我拥有我自己。当然，我并没有真正拥有。我的家人、朋友，还有我的处境拥有我。但我的确拥有一些什么东西。它像是一条狭窄的桦木独木舟，而未知的、超常或超自然的广袤森林尽环绕着我们。借着潮流汇聚的力，我至少可以赶在为时已晚前把小舟推上浅滩，清点我心灵与身体那微乎其微的所有，并请生活在这片辽阔领域边缘的老隐士与我谈谈，如果他愿意，请告诉我如何才能最好地把握航向。

的确，我们曾浅浅涉及一些更为玄奥的超验问题，但往往把它们与我们所熟悉的家庭情结联系了起来。不过，我的思想与想象的倾向没有被斩断，甚至修剪。我的想象天马行空；我的梦充满启示，常常包含古典的或《圣经》中的意象。思想就像物品一样，需要被收集、整理、分析、搁置或者解决。看似无关的想法碎片，常常被发现属于思想与记忆的某个特殊夹层，也就是说它们同属一体；有时它们被巧妙地拼在一起，就像我在维也纳9区伯格街19号那个房间里舒展地半躺在沙发上时，对面橱柜架上那些精致的希腊泪瓶、溢彩的琉璃碗和花瓶一样，在黄昏中隐隐闪光。只要还有人记得，只要还有人梦见，已死的人便依然活着。

9

总是爱你的……我不知道哪里一下子激怒了他。我从沙发上坐起，双脚放到地板上。我不知道自己到底说了什么。我保存着在维也纳时匆匆写下的笔记，但从未整理，记下之后我就几乎没翻开过。在回忆时，我不想让自己卷入一个严格的历史序列。我想唤回当时的印象，毋宁说，我希望那些印象能唤回我。让印象以自己的方式出现，形成自己的序列。"会有很多人去写关于教授的回忆录，"瓦尔特·施密德伯格[1]对我说，"我猜萨克斯和公主都已经完成了他们的。"

精神分析师施密德伯格这句话中不无讽刺。在第一次世界大战期间，他还是一名在俄罗斯前线的年轻奥地利军

---

[1] 瓦尔特·施密德伯格（Walter Schmideberg，1890—1954），奥地利精神分析学家，弗洛伊德的好友。

官,一名"马的上尉",他当时就是这样对我说的,那时他的英语还不太像样。"马的上尉"所传达的意义,在我看来要比"骑兵军官"或"卫兵军官"多;与此类似,某天他所说的"针树",也比"松树"甚至"常青树"内涵更丰富。由此可见,语言的影响很可能因为走向"正确",走向"程式化",而失去它的鲜活本质,印象的影响亦然。人们很容易像施密德伯格一样,在自我批评的圈套中说出"每个人都能胡写几笔回忆录",而我对此的回应是:"的确如此,但无论是希腊的乔治公主,还是从前在维也纳和柏林、后来去了马萨诸塞州的波士顿的汉斯·萨克斯医生,都不可能准确地'胡写'出教授给我留下的印象。"再说,我认为除了曾经的年轻骑兵上尉施密德伯格先生,没有人更能为我们重现一个温情、幽默的教授了(如果他愿意唤回教授留给他的那些印象的话)。在战争中最黑暗的日子里,施密德伯格一度是向伯格街走私雪茄的能手;在他于意大利战俘营囚禁(讽刺的是,那时战争已经结束)的痛苦岁月里,教授也一直对他保持信任。

10

关于公主、汉斯·萨克斯，还有曾在奥匈帝国的弗朗西斯·萨尔瓦托大公麾下担任第十五皇家骑兵团上尉的瓦尔特·施密德伯格，就说这么多吧，说回我自己。我坐起身来，一反常态地端坐，双脚放到地板上。教授的行为也够反常的，他用拳头捶打着老式马鬃沙发的靠头。这张沙发听过的秘密比最多人去告解的罗马天主教神父的忏悔室还要多。告解是心理治疗和精神分析的最原始方案的日常工具，后来精神分析成为一门解开无意识思想的缠结并在过程中隐含疗愈效果的学科。在意识中，我没说任何惹得教授情绪爆发的话。就算在我坐起来，直面他的时候，我的头脑也冷静到在思考这是不是他为了加快精神分析的进度，或者为了重新引导相关意象的流动而出的主意。教授说道："问题在于——我是个老头子——你认为不值得花费时间去爱我。"

11

他这句话的影响可太糟了——我直接什么感觉都没有了。我什么也没说。他希望我说些什么呢？确切地说，刚才仿佛是天神用拳头捶打了我身下那张沙发的靠头。他究竟为什么要那样做？他一定知晓一切或者他一无所知。他一定知道我的感受。也许他的确知道，也许他刚才做的一切正与此有关。也许，那只是一个把戏，为了震慑我，为了击碎某样属于我但我并未完全意识到的东西——某样不会，也绝不能被击碎的东西。我来这里，就是为了拯救自己于破碎。如果我彻底碎掉，教授对我的精神分析就不能继续下去。难道他以为，我离开友好、舒适的环境转而来到这个陌生的城市，进他的龙穴、捋他的龙须，都是很轻易的吗？维也纳？威尼斯？我母亲在度蜜月时来过这里，作为新娘子疲惫地"走完"了意大利。也许母亲当时已经怀了那个孩子，一个女孩，她的第一个孩子，出生不久便夭折了。她谈及这里的面包，说她有多么地喜欢维也纳各种各样的面包卷，还有那些加了罂粟籽的，噢，还有咖啡！我为什么来维也纳？从一开始教授便说我来维也纳是为了寻找我的母亲。母亲？妈妈。但母亲已经死了。我也死了。我是说，我体内那个管她叫妈妈的小孩已经死了。不管怎么说，他那时是一个令人很畏惧的老人，集年长、超脱、智慧、名望于一身，却用拳头捶打着沙发，就像个小孩在拿粥匙猛敲桌子。

我滑回沙发上。你可以说，我是偷偷溜回去的。我仔细地、尽我所能地重新整理了滑落到地板上的小毯子。沙发非常光滑，靠头很硬。这张沙发对我来说太短了；如果我再高一点，我的双脚就会碰到挨着角落放的老式瓷炉。《纽伦堡的火炉》[1]是我母亲很喜欢的一本书。书中的情节我一点也记不起来了，我也不想花时间向教授解释为什么我正想着一本叫《纽伦堡的火炉》的书。一切都很明显：有个炉子，正散发着令人愉快、明亮的光，角落里本来就有个炉子。看到这个瓷炉时，我便想起了那本叫《纽伦堡的火炉》的书，但为什么要花时间去研究这些呢？

---

1 《纽伦堡的火炉》(*The Nürnberg Stove*，1897)，英国作家奥维达（Ouida，原名 Maria Louise Ramé，1839—1908）的一部小说。

即使有炉子，人们有时还是会感到些微的寒意。我抚平毯子的皱褶，偷偷瞟了一眼手表。有一次，教授因为我伸出手臂看表而责备我。他说："我有留意时间，时段结束我便会告诉你。你不用一直盯着手表看，急着想逃走似的。"我拨弄表带，把冰冷的双手藏到小毯子里。每次我进门都能看见放在沙发末端的小毯子被叠得整整齐齐。是小女仆葆拉从大厅过来，将小毯子叠好，还是前面的人在离开前叠了毯子，就像我每次都会做的那样？在我前面的是那位"飞翔的荷兰人"；他也许根本没理会这张小毯子——男人都这样。我是否该问问教授，是每个人都在临走前叠好毯子，还是只有我会这样做？一开始教授便说，他将我与"飞翔的荷兰人"归为一类——我们都是学生。我是一名学生，在当代或者未来很长一段时间内都是最伟大的头脑的指导下工作。但教授并非总是对的。

12

我没有同教授争论。事实上，正如我所说，我不知道该如何回应。如果他想激起我的反驳，说出自己的爱意，那么他没有成功——根荄或潜流太深了。有一天他说："今天我们挖得很深。"有一天他说："我挖到了石油。是我挖到了石油。但现在我们仅仅是在油井中取样。下面有足够多的石油，足够多的原料，供研究和开发五十年、一百年，甚至更久。"他说道："我发现的主要不是包治百病的良方。我发现的是一个非常严肃的哲学基础。理解这一点的人非常少，有能力理解这一点的人非常少。"有一天他对我说："你在自己身上发现了我在人类身上发现的东西。"我希望能在后面再谈回这一点。此时此刻，我正躺在沙发上。我刚刚重新整理了滑落到地板上的小毯子，然后把双手藏到小毯子里。我不知道教授有没有发现我偷看了一眼手表。我真的有点受挫。但仍然没有回应。

13

沙发末端放着一个老式瓷炉。我父亲也有一个类似的炉子,置于他在我们第一个家的花园中盖的一间户外办公室或者说书房里。那里也有一张沙发,放脚的位置上也有一张叠好的小毯子,沙发也有一个微微抬起的靠头。就像这个房间,父亲的书房里也摆满了书。有股皮革的味道,炉子里木柴噼啪作响,就像这里。在我父亲最高的书架顶部,放着一张相,是伦勃朗《解剖课》的照片,还有一个髑髅。钟形罩下有一只白鸦。我可以坐在地板上玩布娃娃或者纸娃娃,但只要父亲在伏案书写,我便绝不能和他说话。他"书写"的是一列又一列数字,不过那时的我几乎无法区分数字和字母的形状,更别提哪个是哪个了。父亲躺在沙发上时我也绝不能和他说话,因为他在夜里工作,所以白天躺在沙发上闭目养神就绝不可以被人打扰。但现在,摆满书籍的房间里正躺在沙发上的人是我。

但不对，这个房间里的书并不算多；摆满了书的是另一个房间。我感觉这个房间和另一个房间的窗子都朝向院子。对此我不确定。反正，这里十分安静。听不到街上车流的声音，也听不到房子另外一侧弗洛伊德家人日常生活的声音。房间里就只有我们俩。这里其实有两个房间，尽管后面大开双扉门的那间基本可以算作这个房间的一部分。我躺在这里，炉子右边的双扉门后是黄昏与黑暗。有一扇门在房间的一头，推开是小等候室；小等候室还有另一扇门，与前一扇成直角，那是出口。走出门是一条相当漆黑的过道，或者说一个小房间，可能是餐具室或实验室。大厅就在外头，我们在那里把外套挂到衣钩上时，总觉得像在学校似的。飞翔的荷兰人来了又走了。我们与教授有着同样的关系，都对教授有所求，或者如教授所说，是他的"学生"。此外，我们与我身下的沙发也有着同样的关系，一开始，我因为自己身量相对沙发"几乎太高"而显得有些窘迫，教授宽慰我说在我前面的那位分析对象比我"其实还要高得多"。

14

我哥哥比我高很多。我五岁，他七岁，或者我三岁，他五岁。夏天。青草略枯，几片树叶在我们脚下清脆作响。那是一棵能结出黄褐色大梨子的梨树的落叶，这时梨子已经摘完。(梨？俪？)对面还有一棵树，结出的是小黄梨，熟得要更早些。紧挨着我们这棵梨树的是一棵沙果树，树下有一大块原木。它就像一张圆桌、一张结实的板凳那样厚实。原木太重了，我们俩搬不动，但是，我们同父异母的哥哥埃里克(在我们眼中他已经是个大人了)轻轻松松便把它挪开了。我们看到了重得无法搬动的木头之下的世界。各种各样有趣的展品呈现在我们面前：小东西比如蚂蚁在迅速移动，疯了似的一圈一圈乱跑，但总是会回到同一个潮湿的土坡或者一小块突起的壤土上；在被切分得整整齐齐的一条条沟渠中，蜷缩着一些白色、没有翅膀的生物。原木的底部就像个屋顶，盖在一些小小的坑洞和排列整齐、敞开的坟墓上面，颇似阿兹特克人和古埃及人的墓室，当时我还不懂这些。这些蜷曲的白色蠕虫是还未破卵的东西。它们够恶心的，就像没戳破的疖子一样。又或许，它们本质上并不令人厌恶——它们可能是无茧的幼虫，时候到了就可以"孵化"出来。但我只是看到了它们，我不知道它们到底是什么，将来会变成什么样子。我和哥哥愣愣地站在这片被揭开的世界前出神。埃里克聚精会神地看着疯狂打转的蚂蚁，然后小心翼翼地把原木放回原处，尽可能少压死几只生物，尽可能重新为白色蠕虫盖上保护着它们的屋顶。

事物下面还有事物，事物里面也有事物。

15

但还有另外一次。这一回，我与哥哥单独待在一起，他比我高上许多。他叫我过去。他手上拿着一张报纸。还有一面放大镜，那一定是从父亲桌上拿来的。他让我看，我看到那张薄薄的报纸上面的文字变大了，但我知道是放大镜造成了这种效果。我不知道他为什么要拿报纸给我看，我还不识字，如果他想让我看什么，应该找点别的更有吸引力、更合适的东西。"别走，"他说道，"马上就好了。"太阳晒得我们后背发烫。梨树枝条朝沙果树投下晚夏的影。"就是现在。"他说。玻璃下面，报纸上面，出现了一个黑点，报纸几乎就在瞬间烧了起来。

就像通常会发生的那样，一个高挑、留着胡须的人从室外书房那道方舟形的门后走了出来。书房地面不平整，是建在一组方形石质柱状地基上的。我们的父亲走下台阶。这幅画面能在老版圣经画册或是翻旧了而被丢弃的画集里，暂且就说是19世纪早期法国画家达维德[1]的画集里见到。当然，那是一幅具有时代性的作品，但在希腊罗马的奖章雕刻上，在古典希腊时期那些以红色或黑色为底的陶罐和双耳瓶上，我们能找到它的原型。我说过，我半躺在沙发上。这姿势有点像雷卡米埃夫人在沙发上的样子。我面对着那扇敞开的双扉门。沙发末端放着那只炉子。炉子旁边有一个橱柜，里面装着更精致的玻璃罐、形状各异的瓶子和爱琴海的花瓶。双扉门对面的那面墙边，立着另外一个收藏珍品、古董的柜子，柜子顶层放着几尊有胡须的人物半身像——欧里庇得斯？苏格拉底？反正有索福克勒斯。从这个角落转身，你会面对一扇窗户，它与刚才的柜子成直角。接着又是一个柜子，里面装着陶像和画着希腊人像的陶碗。然后就是通往等候室的那扇门。又一个直角之后有道门，出门经过一个像实验室的橱柜间或者壁龛，再到大厅。我把最后说的这两扇门分别称为入口和出口，此时都是关着的。有出口的那面墙在我后方。教授靠墙坐在角落里，两侧的墙壁与他沙发的靠头共同组成了一个三面壁龛。他会安静地坐在那里，就像一只树上的老鸦。他要么什么也不

---

[1] 雅克-路易·达维德（Jacques-Louis David，1748—1852），法国画家，新古典主义画派的奠基者。下文中提到的《雷卡米埃夫人》（*Madame Récamier*）是他的作品。

说，要么向前倾身，说一些与我们真实梦境或联想的进展或展开毫无关联的事情。有时他会有点吓人地突然伸出一只手臂，以示对某一点的强调。另外，他总是喜欢找"时机"庆祝，比如站起来宣布："啊——现在——我们必须对此加以庆祝。"然后开始他精细的庆祝仪式——挑选、点燃——直到他再次坐下，袅袅烟雾从壁龛中升起，那是他醇厚的、香气浓郁的雪茄。

16

　　长度，宽度，厚度，形状，气味，感觉。当下的真实，与过去的关联，与未来的关联。过去，现在，未来，三个时间元素——然而还存在着另外一个时间元素，一般称之为第四维度。房间有四壁。一年有四季。虽然在教授的著作中，这个第四维度伪装成了各种样子，分置于不同的标题之下，被叙述，被制成繁复的表格——在他的那些追随者、门徒、伪门徒和模仿者的笔下，甚至被描述得更加繁复——但它其实是很简单的。第四维度之于时间序列的建构，就如同第四面墙壁之于房间，一样的简单和必然。如果以我左手边有沙发靠着的那面墙为起点，逆时针环绕我与教授谈话的房间，便可以把教授那边、出口所在的墙编号为2，把入口所在（有个放着陶像和希腊扁平陶碗的柜子）的墙编号为3，把沙发对面的那堵墙编号为4。4号墙实际上大部分并无墙体，因为有扇敞开的双扉门，辟出了空来。

门里的内室可能显得十分昏暗，或有破碎的光影。人们甚至可以亲身走入那个房间。比如有一天教授请我进去，看他桌上的东西。

17

父亲的桌上放着些钢笔、墨水瓶，和一个用来放置钢笔的金属托盘。他会用不同的钢笔分装红墨水、黑墨水。那儿还有一把中国或仿中国式样的裁纸刀。刀柄是个蹲着的人，这奇人头上顶着个缸或盆，接驳着刀身。刀身上叶子与卷须的浅浮雕纹饰给裁纸刀增添了一个维度：它既是一把裁纸刀，也是一株扁平的树或一根柱子，纤细的卷须将其缠绕、穿透。桌上还有一个巨大的切纸机和几块镇纸。其中一块玻璃镇纸，在特定的光线下能折射出许多不同的画面。它只是玻璃，一块镇纸而已，却又是一组三角形棱柱，置于另一组三角形上。你把它放倒，它总要侧向一面；它的顶点，也就是一组三角形接合的地方，指向北极抑南极，或者偏离了些许。哥哥还拿在手里的那面放大镜也在这儿。

18

"但是你们知道，小孩子绝对不能玩火柴。"那是不可饶恕的过错。(火柴？)哥哥知道要如何回应。回应是一句勇敢直率的反驳："可我们不是在玩火柴。"不过他没有这么说。我挨着他站着。我哥哥个子很高，我的头顶还没到他的肩膀。我看到了金属框嵌着圆形的玻璃，连接着笔直的把手，被我哥哥用一只汗涔涔还有些脏兮兮的手紧紧攥着，藏在他的背后。我不知道，他也不知道，这个东西除了是我们父亲桌上的一面放大镜，还是一个神圣的符号。它是一个圆环。而圆环的柄，这朵花的茎或者支撑，正是我哥哥紧握在身后的玻璃的把手。它是神圣的安可[1]，古埃及的生命之象征，但我们并不知道这一点——或许父亲知

---

[1] 安可（Ankh），源自埃及的一个神秘符号，上部为一圆环的十字形饰物。原本是神赐给法老王的礼物，后来古埃及人用来象征生命，象征隐藏在人体内巨大的秘密力量。

道。他正是用这个圆环带直线，直线带短线交叉成十字的符号来代表金星。我不清楚父亲是否知道安可是生命之象征，是否知道安可就是他常在一列数字开头使用的那个符号。他写下一列又一列数字，在某一列的开头，他会画上一个象形符号。那个符号可能代表黄道的某宫或某个星座，也可能只代表某个行星：木星、火星或者金星。在花园里挨着哥哥站着的我，那时还不知道这些。很久以后我才知道，但不能理解。直到现在，我写下这些时，我才意识到父亲拥有着神圣之象征，像教授那样，把那些神圣的古物摆在他的书桌上。那些物件的形状和形式，都被时间神圣化了，却不为人所察觉。它们只是一块玻璃镇纸，一把黄铜裁纸刀，或是哥哥还拿在手里的那只普通的放大镜。

哥哥会说些什么呢？他不能说"我从天上带来了火种"，他不能用优雅的抑扬格来回答天父宙斯的质问，解释他——普罗米修斯，是如何通过智慧与勇气，通过对未知的热爱，通过对神秘而他尚未能理解的力量的实验，把火种从天上带至大地。这是事实。但哥哥从未听说过普罗米修斯，他一点希腊语也不懂。他从父亲的桌子上拿走了放大镜，大概，这是仅次于玩火柴的一种过错。父亲在那张烧焦的薄纸上踩了一脚。在（可能是）1889年或（可能是）1901年夏末的一个下午，静谧的空气中飘荡着报纸烧焦的味道，一缕轻烟。

我不记得哥哥对父亲说了些什么，也不记得父亲对哥哥说了些什么。反正肯定说了"你绝对不能再这么干了"。但是他们普通的日常对话间或超出我的理解能力，我甚至总听不懂哥哥说的话。他已经是个大男孩，正是机灵古怪的年纪；我只是个小女孩，相比我年纪而言，个子更小些，也不甚聪明。我呢，从某种意义上来说，还是个外国人。我们身边还有其他外国人，时不时往来于教堂街，来到我们家里，来到祖父家里（和叔叔婶婶合住），来到街对面别人家里。这些外国人对我们这些说不上是野蛮人还是文明人的风俗习惯的了解，甚至比我还少。他们试图向我们隐瞒一些事情：一个小男孩在河里淹死了、一名工人在钢铁厂失去了一肢、一个外国人（或者就像他们有时会在后门说的，"一个小外地佬"）过早地到了某个地方。所有这些神神秘秘、毫无联系的事件，都是我藏在厨房桌子下面偷听到的，或者从其他同伴的窃窃私语中收集和推断出来的。往来于教堂街的他们年龄相仿，也有稍微大一点的。虽然口齿不清，却都是直觉敏锐、有天赋的情报专家。这些事件与一位医生有关，或者说，多少指向了一位医生。

19

医生有一个袋子，里面装着奇奇怪怪的东西，钢制品、刀子、剪刀。我们的父亲不是医生，但他的书房里放着一张医生的画，或者说画着医生们的画。我们生病时，父亲总是很安静并且格外温柔。他很爱给大家讲自己当年选择职业时的犹豫，医生们总是对他说，他真应该成为他们当中的一员。父亲的声音平静、均匀、低沉。他的声音几乎平静得单调。他从不大声说话。他从不急躁生气。这一辈子，我只见过两三次他真正生气的样子，那些时刻非常难忘。躺在教授房间的沙发上，我想，等到什么时候，我一定要（如实地）回忆并评解父亲的几次怒火。不过这一回父亲没有发怒。尽管阳光灿烂，我们脚下烧焦的纸在阴燃，空气中却透着一股冰冷的寒意。"或许，"他很可能这样说（因为我们父亲是个讲道理的人），"我确实没有禁止你拿放大镜。"此时，哥哥将放大镜还给了父亲。"我记得我告诉过你,不要碰墨水台,不要拿走切纸机,不要拿浆糊罐去做你的纸模小兵。我以为你已经明白我桌上的任何东西都不能动。"

空气里结了霜。我悄悄向哥哥凑得更近一些。我被牵连其中,尽管没有受到任何指责。

20

  还有一次要更早些,那时阳光也很灿烂。从母亲穿的布裙来看,想必当时是春天,或者是一个印第安夏日[1],至少是在季节交替的时候,因为她只穿布裙,没加外套。不是在夏天,因为我们像热带地区的人一样,必然常穿夏装。我们生活在宾夕法尼亚州的一个小镇,那里属于亚热带气候,我想,和罗马南部差不多是同一个纬度。冬天寒冷,夏天炎热,所以我们兼具北欧人和南方人的气质,二者和谐地融合在一起,情绪起伏和感受严格按照季节的规则变换交替——也许有时并不这样。不管怎么说,母亲的脸上正是夏天,她在放声大笑。

  她常带着我们一起出门,要么是去买东西搭把手,要

---

[1] 印第安夏日(Indian summer),(美国北部或其他地区)深秋初冬季节中风和日丽的宜人气候,类似汉语里的"小阳春"。

么是去拜访她众多亲朋好友中的某位。镇上几乎所有人都是我们的亲戚和朋友,至少在"老城区"是这样。这就是老城区,我们正坐在人行道旁略微高出的路边石沿上,它在教堂街上拐了个大弯,从教堂下方通往满是商店、宾馆和购物中心的主街。我想,那条路就叫作"主街",应该没错。

母亲居然在笑,这很奇怪。哥哥刚才违抗了她,他坚决坐在路沿上,不打算回家。当他郑重其事地重复这句话时,母亲笑得更厉害了。路人停下来问发生了什么事情,母亲告诉了他们,他们也笑了起来。越来越多的人站在母亲两侧,其中有朋友也有陌生人,他们都在笑。"可我们招来了一大群人,"母亲说道,"我们不能待在这儿,堵住人行道。"她的话得到了支持,陌生和几乎陌生的人们重复着她说的话,就像古希腊的歌队听从领唱人的指示。

一场密议的小阴谋开始上演。人群逐渐散去,母亲装作漠不关心的样子走开了。哥哥很清楚她会心软,她会假装走开,然后等在拐角;如果看到我们没有跟上,她便会回来。哥哥对她说,他要离开家自己生活,还说妹妹会和他一起走。而他妹妹正焦急等待,心情激动,不过只能挨着他坐在路沿上一动不动。除了哥哥的最后通牒,我们坐在石沿上也是平时所不允许的。但我们就坐在那里,没有

"堵住人行道",而是在十字路口处组成一个群体,制造了一种布局,或者说一幅图像,它以各种形式,换上希腊语的名字出现在希腊悲剧中,也能在格林童话的原版和我们读的儿童版中找到,故事叫作《小哥哥与小妹妹》[1]。有时,一个人是另一个人的影子;往往一个人走失后另一个开始寻找对方,像尼罗河谷地最古老的孪生兄妹童话那样。有时两个都是男孩,就像双子星卡斯托尔和波吕克斯,有时小主人公不止两人。事实上,在卡斯托尔和波吕克斯的例子中便共有兄弟姐妹四人,除了他们还有海伦和克吕泰涅斯特拉——据说,他们都是一位女子与一只天鹅所生的孩子。[2]他们共同组成一个群体、一个星座,形成凹槽或图案,去契合别的图案,或者不能契合时因应情况切割以契合。无论如何,它是一种普通寻常的图案,尽管有时能在天空中发现与它相似的形状。此时他们的母亲已经走开了。他知道母亲会回来的,因为他年龄稍长,而且无可否认是母亲

---

1 《小哥哥与小妹妹》,一则著名的欧洲童话,收录于格林兄弟的《儿童与家庭故事集》(*Kinder-und Hausmärchen*,1812)中。故事中一对兄妹不堪继母虐待而离家出走。
2 希腊神话中,宙斯化作天鹅引诱斯巴达王后勒达(Leda),勒达生下四个孩子,卡斯托耳、波吕丢刻斯、海伦和克吕泰涅斯特拉(Clytemnestra)。卡斯托耳、波吕丢刻斯在罗马神话中称为卡斯托尔(Castor)、波吕克斯(Pollux),也指双子星座的北河二、北河三。

最爱的孩子。而她并不知道这一点。可是，尽管她头脑里焦虑、骄傲和恐惧混作一团，她也不曾想到，自己其实可以用自身轻微的重量打破双方的平衡，那就是选择跟随母亲，将哥哥留在原地听天由命。

21

　　这些画面如此清晰，像被摆放在暗室蜡烛前的透明胶片一般。我可能对教授说过这些，也可能从未提起。但它们就在那儿。在过去的记忆精心堆积之上，穿过细丝构成的错综复杂的网络，将不规则的一片拼图与另一片分开，必然落下一片阴影，一组墙上的文字，一弯曲线，像是一个翻转的、未写完的S，下方有一个点，那是一个问号，一个问题的影子——就是这样了吗？——问号投下的影子笼罩在看似最令人满意的答案上。没有最终答案。这个答案中蕴含着死亡、终结、死海之果[1]。有些时候，教授的解释太有启发性，我的思想之翼就像一对蝙蝠的翅膀，在那突如其来的探照灯下无比痛苦地拍打着。或者相反，就在别的翅膀（海鸥或云雀的）似乎即将带我飞离平庸无奇的底

---

[1] 指好看而虚无的事物。

层时，它们却仍囿于柳条笼的狭窄空间里拍打着，或在捕鸟网的网眼下徒劳无功。但是，不——他并没有设下陷阱，也并没有真的抛出那些罗网。是我自己，是我自己的潜意识的意志或者无意识的意愿，引领我走入或者飞入其中。我过度强调，或是过度补偿；我总是刻意地、痛苦地回忆那些令我不太高兴的往事，以免显得自己在逃避分析，或者试图欺瞒生命之书的记录者、欺骗记录天使，事实上，是在极力逃避最后的审判日。有一次，我痛苦地将一条脏兮兮乱糟糟且与他有关的因果挂毯抽丝剥茧，过于详细地讲述了几段不甚愉快的友谊。他全都给抛在一边，并不是感到厌倦无聊，也没有悲伤和惊讶，只是有一点感伤，我想，好像是因为我把我们宝贵的时间浪费在了无关紧要的东西上面。"但是为什么，"他问道，"你会为这一切感到忧虑？你为什么认为这些事情必须要讲给我听？那两件事情无关紧要。你不过是想要把它们讲给你母亲听。"

当时这简直显而易见。我的母亲已经去世了；在她生前发生的种种事情，普普通通的、令人难以置信的，我一概没有对她说起过。在某些时候，我是想少让她担心和痛苦，比如第一次世界大战期间，我在英国而她在美国。那时她正在承受丧亲之痛，我哥哥在法国阵亡的消息传来不久，我父亲便离开了人世。我父亲在十七岁时与他哥哥一起参加了我们国家的南北战争，并在战场上失去了他唯一的兄弟。我父亲是数学家，是天文学家，是位客观公正的学者，或者用那个更加鲜活的法语词来说，savant[1]。然而，我哥哥在法国阵亡的消息直接引发他中风。毫不夸张地说，我父亲是死于震惊。教授也遭受一次又一次的震惊，但他一直活着。

我父亲是在七十四五岁去世的——反正比教授那时的年纪要小。我母亲在20年代初过了她的七十岁生日。她同我一起在伦敦和瑞士的沃州住了几年，然后回到美国。我知道，她会在那边死去，她也知道。但我想回避，不去想这件事。我不想面对。有各种方式可以用来试着逃避不可逃避的事。你可以像埃里克为我们抬起的那块原木下面的蚂蚁一样，一圈又一圈地打转。或者，也可以让你的心理、你的灵魂，像那些白色蠕虫一样蜷缩沉睡。

---

[1] 意为"学问家"，尤指男性学者、专家。

22

那两件事情无关紧要。在我的生活中很多事物都是成双成对的。我有两个亲兄弟（我们仨是在四年内出生的），还有两个同父异母的哥哥。有两个小小的坟墓，属于我两个早夭的姐姐（有一个是我同父异母的姐姐，但那里有两个小小的坟墓挨在一起）。有两幢房子，一幢是我们的，一幢是祖父母的，都在同一条街上，有着同一个花园。我们先后在两个与《圣经》有关的城市生活过，我的出生地伯利恒，以及在我八岁时全家一起搬往的费城。在很长一段时间之内，我的意识中有两个爸爸和两个妈妈，因为我们一度以为，"爸爸利"和"妈妈利"[1]（外祖父母）是我们的"另一对"父母，虽然事实上，他们也的确是。

在我们位于教堂街的第一个家里，所有人都是两两一

---

1 原文为papalie、mamalie。

对的（除我以外）。我的亲哥哥和亲弟弟住在同一个房间；两个同父异母的哥哥总是一起出现；家里的两位女仆睡在厨房那头的房间里；我的父母待在他们自己的房间里。（后来，我们这艘诺亚方舟上又多了一位乘客，不过在我最小的弟弟出生时，这种模式已经在我的意识里固定了。）

父亲结过两次婚。所以，他一共有过两任妻子，不过其中一位已经死了。

再后来，我的生活中有两个国家，美国和英国，意识上的巨大差距和广阔的海域将它们分隔开来。

那片海域变得越来越窄，意识上的鸿沟有时似乎也可以忽略，尽管如此，对偶性仍然存在：讲英语的民族间有着亲缘关系，是兄弟，甚至孪生兄弟，但不是同一个人。因此，在我身上，两种截然不同的种族、生物和心理的实体彼此逐渐靠近、融合，甚至，随着岁月流逝，意识中的旧有断裂也会愈合。父亲的第二任妻子是十八世纪早期形成的一个神秘新教团体的原始成员后代的女儿，那个团体被称为"弟兄合一会"、"波希米亚兄弟会"或者"摩拉维亚兄弟会"[1]。我们的外祖父有着中欧血统，我认为在他的祖先

---

[1] 摩拉维亚兄弟会（Moravian Brotherhood），正式名称为弟兄合一会（Unitas Fratrum），是一个在14世纪末起源于波希米亚地区的基督教新教教派。

离开时,那个国家还被叫作波兰,尽管随后成了德国的一部分,和其他同盟地区一样经历了反复的政权变动,就像更早时候的巴拉丁领地[1]争端那样。利沃尼亚、摩拉维亚、波希米亚——让波希米亚兄弟会东山再起的青岑多夫伯爵[2]是奥地利人,其父因为与新教徒的联系而被流放或自我流放到了上萨克森州。教授本人是奥地利人,所以其实他生来便是摩拉维亚人。

---

[1] 巴拉丁领地(Palatinate),即普法尔茨地区(Pfalz),位于德国西南部,在历史上先后被法国和巴伐利亚王国统治。
[2] 青岑多夫伯爵(Count Zinzendorf, 1700—1760),德国宗教改革家、社会改革家,摩拉维亚兄弟会的主教。

23

母亲？父亲？我们已经在教堂街那幢房子的花园里见过其中一位，在教堂街的尽头见过另外一位。在那儿，人行道在教堂下方拐了个大弯，通往商店。不过那天我们没有去买东西，也没有去拜访任何人——朋友、点头之交、近亲、远亲。所有人都认识我们的母亲，所以我们从来也分不清到底哪些人是我们的亲戚，哪些人不是——好吧，从某种意义上来说，所有人都是亲戚，因为我们属于同一个教会，也就以一种非常特殊的方式属于同一个大家庭。我们在平安夜时举行的蜡烛仪式独一无二，或许只在欧洲的某些地方才有。遥远的欧洲，父母度蜜月的地方。而眼下最要紧的是她，因为她在放声大笑。与其说她的笑是针对我们的，不如说那笑声在我们身边，甚或淹没、包围了我们。我们的钢琴上有她装订好的乐谱以及一些散页。她身上，没有什么难解的谜题。问题在于，她认识太多人，他们总是前来打扰。另外，她更偏爱我哥哥。我如果与哥哥粘在一起，几乎成为他的一部分，大抵就能够与她更亲近些。

　　但是我们永远也无法与她足够亲近。换句话说，就算谁终于靠近了她，也只能是因为他得了麻疹或者猩红热。如果有谁能够一直待在她身边，那么他的意识将得不到任何休息——不过，即使如此也比无法靠近要好。而关于他，还有一些无法完全忽略的事情值得一说。他有一些颇为神秘的习惯，比如在夜间外出，白天在书房的沙发上睡觉。说到这里，不得不提及的便是他的书房。只要不在他坐在桌旁的时候对他说话，不在他躺下的时候去打扰他，你便可以自由进出这个书房。这里很安静，没有人会来打搅。书架上的书很多，可以说房间被书排满。最高的书架顶部放着一个髑髅，钟形罩下面站着一只白色猫头鹰。他的书比祖父的还多。他还有一只三角形镇纸，能在其诸多平面上呈现这个房间的样貌。当然，我以前从未将其付诸文字，甚至付诸思考。但是我在这里其实享有某种特权。他后来唯独允许女儿使用他的裁纸刀，把尚未裁开的杂志期刊都交给她。而她知道如何仔细地用它裁开连在一起的纸页，这一点尤其重要，她的哥哥便不被允许参与这件事。当然，他还有许多其他事情要做。我们的母亲是宾夕法尼亚州早期英国移民与中欧移民的后代，他则完全不同，是新英格兰人，虽然他并不在那里生活，也不在那里出生。他的祖先是那些戴高帽子的清教徒，在感恩节期间的杂志上我们能看到这种形象。他们曾与印第安人打仗，曾烧死女巫。他们戴的帽子，与父亲书房中唯一一幅画里那些医生头上的很像。如果我没弄错的话，那张画的原作是伦勃朗的。桌上半裸的男人已经死了，因此当那些医生用刀或剪刀划开他的手臂时并不是在伤害他。这幅画是不是叫作《解剖课》？

这幅画到底叫什么名字并不重要。它与医生有关。有位医生坐在我躺着的沙发后方。他是一位著名的医生。他的名字是西格蒙德·弗洛伊德。

24

我们在思想、想象和回忆中走得很远。事件按它们本来的样子发生。当然,并非全部如此。但是四处散落着的梦的碎片和回忆是实际存在的,是真实的,就像一件艺术品,或者说就是一件艺术品。我讲述了与哥哥在一起时的两个独立场景,像是暗室里摆放在点燃的蜡烛前的透明胶片。那些记忆、幻象、梦、遐想——或者随便你想叫它们什么——之间是有差别的。它们质地不同,也对身心施加着不同的影响。它们具有治愈的力量。它们是真实的。它们有长度、宽度和厚度,同那些青铜、大理石、陶瓷、黏土做的东西一样真实。这些物件装满沿四壁摆放的柜子,在内室的桌子上被教授优雅而精确地摆成一个宽大的半圆。但我们无法证明它们是真实的。我们可以像鉴赏家一样辨别它们的真伪(就像教授在收藏那些无价之宝时所做的那样):一件稀世珍宝的精致复刻品也非毫无价值,但必须区分忠实的复刻与虚伪的模仿；其中也有合金质地的，可能会随着时间推移而腐蚀风化，它们遭到这样的破坏后必须被挑出来丢掉；最珍贵的碎片也无甚意义，直到我们找到与之匹配的其他部分。

有琐碎的、混乱的梦，也有真实的梦。琐碎的梦之于真实的梦，就像花边小报上的专栏文章之于对开页的莎士比亚戏剧。梦就像我们阅读的书、欣赏的画、遇到的人那样各不相同。"哦，那些梦——我们知道，你们这些弗洛伊德的追随者把梦的来源归何处！"你们的儿女要说预言，老年人要作异梦。[1]许多说法出自同一个来源：《圣经》的章句。在其中，我们还读到约瑟的故事，看他弟兄们如何嘲笑他：你看，那作梦的来了。[2]

我与教授一起讨论了几个真实的梦和一些介于真实与虚幻之间的梦。后者要么包含真实的意象，要么包含与真实的意象相联系的"象形文字"。我们也谈及了一些奇怪、琐碎、讽喻的梦，它们就像五月女王一样，戴着面具，围着五月柱跳舞。但是，在我与教授一起的时间里，最明亮、最清楚的是那个关于公主的梦，就像我们对她的称呼一样。

---

1 见《新约·使徒行传》2:17。
2 见《旧约·创世记》37:19。

25

她深色皮肤，穿着一件色彩鲜亮的长袍。那袍子要么是黄色，要么是浅橙色，包裹在她身上，有点像高种姓印度女人才会穿的那种纱丽。但她不是印度人，她是埃及人。她出现在长阶梯的顶端，这排大理石台阶向下通向一条河流。她没有佩戴任何饰物，没有用来彰显地位的戒指和权杖，但任何人都会知道，这是一位公主。她走下台阶。她不会回头，不会停下，不会改变步伐的缓慢节奏。她怀里什么都没有，身边也没有人；她身上和周围没有任何额外的物品带有象征性细节或传达相关附加信息，就连台阶的雕刻上也是如此。没有任何细节。台阶是几何对称的。她看上去颇为抽象，但仍是一个真实存在的实体，一个真实的人。我，做梦者，在台阶下等待着。我不知道自己是谁，也不记得自己是如何来到这里的。时间上并无先后，这是一个完美的时刻，或者说它超然于时间之外。但是，我在记挂着什么。我在最低一级台阶下等待着,身旁的水中浮着一只浅口的篮子,或是一艘方舟、一个盒子、一艘小船,毫无疑问,有个婴儿躺在里面。公主必须要找到那个婴儿。我知道她会找到这个孩子的。而且我知道,最重要的是,婴儿将会得到她的保护、庇护。

我们都见过这幅画。在我还不识字的时候,我便在家里那本多雷[1]插图的《圣经》中细细地看过这幅画。但是除了主题相似之外,多雷的黑白插画与我的梦没有任何共同之处。教授当然知道,这幅画的名字是《芦荻中的摩西》[2]。教授与我谈起这幅画。他问道,我,做梦者,在梦中是不是篮子里的那个婴儿?我感觉不是。他问我是否还记得,小时候见到的那幅插画中有没有其他人物?我不记得了。教授认为那里还有另外一个孩子,是半藏在芦荻中的米利暗[3];我还记得吗?我只记得一半了。或许,我就是米利暗吗?又或许,在我的幻想中,我就是那个婴儿?我是否在无意识或者说潜意识的最深处希望自己成为一个新宗教的创立者?

---

1 古斯塔夫·多雷(Gustave Doré,1832—1883),法国著名版画家、雕刻家和插画家,曾经为多本世界名著绘制插画。
2 典出《旧约·出埃及记》2:5—10。摩西在婴儿时被抛弃于河边的芦荻中,为一位法老的女儿所救。
3 米利暗(Miriam),摩西的姐姐,希伯来女先知。

26

任何对精神分析理论稍有涉猎的业余爱好者，恐怕都能根据目前已有的简短描述，重建起投射出我这场梦的动机、材料，或被抑制、压抑的心理冲动。一个小女孩在她父亲的书房里玩她的玩偶。她到父亲的书房里来，为了独自待上一会儿，或者为了与父亲单独待在一起。她的哥哥更活泼，更爱在室外活动，不愿意陪她一起过家家。他应该扮演玩偶的父亲，或者偶尔来给玩偶看病的医生，但他对此毫无兴趣。他有他的小士兵和弹珠，喜欢在屋内屋外跑来跑去，而在父亲的书房里，我们必须保持安静。一个小女孩、一只玩偶与一位冷淡沉默的父亲构成了一个三角关系、一部家庭罗曼史，这个三位一体遵循着众人公认的宗教模式：圣父，冷漠，疏远，提供者，守护者——但有一点难以接近，有一点太过遥远，巨人一般庞大的身量，此外个性有点冷淡；圣母，一位处女，马利亚，一个从未被碰过的孩子,充满怜爱地、虔信地建起一场梦;圣子,她怀里的那只玩偶,三位一体的第三个成员,梦的象征。

27

那只玩偶要么是梦本身，要么只是这个孩子的梦的象征，比如隐现在教授的书架和内室桌子上的拉、努特、哈托尔、伊西斯和卡[1]的雕像，是其他充满抱负、让人崇拜的灵魂的梦，或梦的象征。正如之前提到的那样，教授曾在某处写道，个人的童年是人类的童年。我体内的那个孩子已经不在了。她已经消失不见，却从未死去。在我与教授的交谈中，这个关于公主、河流、台阶与婴儿的梦被放大和强调着。河流是埃及的尼罗河；公主是位埃及女人。就如我说的那样，无论是现实意义上，还是通过推理与暗示的方式，埃及就在我们身边——在我身后墙壁上挂着的那幅

---

[1] 前四者是埃及神话中的神祇。卡（Ka），太阳神；努特（Nut），天空之神；哈托尔（Hathor），爱情、美丽、舞蹈、音乐之神；伊西丝（Isis），生命魔法、婚姻、生育之神。卡（Ka），古埃及宗教观念，有灵魂、精神之意，象形文字为一双举起的手臂。

卡纳克神庙的老式版画或钢雕画中，以及在内室的教授桌子上轮廓模糊的拉、努特、卡的蛋形雕像里。女王、公主显然都是母亲的象征；除此之外，我们不时会提起教授的法语翻译，玛丽·波拿巴女士，教授叫她"公主"或者"我们的公主"。

或许，就和教授在德布灵的房子度过生日的那天一样，我想要点不一样的东西，或者说，我想送给教授一件与众不同的礼物。希腊的乔治公主一直乐于助人，并且常常用她的影响力来推动国际精神分析协会的事业。她是我们的"公主"，因为作为玛丽·波拿巴，她把教授艰深的德语原著译成法语；准备在纳粹势力威胁到维也纳时，充当教授的后盾。她终究是"我们的公主"，有奉献精神和影响力。但是否可能，我感知到了另外一个世界、另外一位公主？是否可能，我（跨过各种智性层面的障碍和阻隔）不仅希望，而且知道，教授将会重生？

28

我曾有过一些神秘、通灵的体验，看到异象，做"真实的梦"，这些至少表面上看来，超出了既有的精神分析领域。但我正在与老教授本人合作，我想听听他对这一系列事件的看法。的确，我从未公开谈论过这些经历，不过曾向一两个（在我看来）非常聪明和有天赋的人寻求帮助，但是他们没能帮上什么忙，至少，他们没能驱除那鬼影（那的确如同鬼影）。我想，如果连教授也没有办法，那么便没人能帮到我了。我无法通过书写来摆脱那些经历。我尝试过，但那种徒劳就像《古舟子咏》[1]中的老水手，用瘦削的双手紧紧拽住婚礼客人的衣服，翻来覆去地，对着空气，讲述同一个故事。此时此地，我与教授正同处一室，我摊

---

[1]《古舟子咏》(*The Rime of the Ancient Mariner*，1978）是英国浪漫主义诗人塞缪尔·泰勒·柯勒律治（Samuel Taylor Coleridge, 1772—1834）的一首长诗。

开自己瘦削的双手,可以说,就像将纸牌摆到桌上。我很清楚,他比世人所认为的更有能力。如果连他都不能"为我算命",就没有任何人能了。当然,他绝对不会把那称为"算命"——但愿不要如此!但我们将一点点靠近神秘现象,我将向他展示事件的始末。这是我们能做的——至少,能做到某些部分。我可以对他说,事实上我也的确说过,我曾遭受许多严重的打击。在1919年冬季流感大暴发后的初春,我独自一人生活在伦敦郊外,哥哥阵亡的消息从法国传来,紧接着我又收到了父亲去世的消息。当时我正在待产,我的第二个孩子即将出生[1]——而在1915年,我以一种相当残酷的方式获悉了一战的爆发,震惊之下失去了第一个孩子。

出于某些原因,我打心底知道,第二个孩子一定能够出生。哦,她会出生的,好吧,尽管这几乎是一个科学常识:一位患双侧肺炎的待产母亲是不可能在生产中幸存的。就算母亲能够幸存,孩子也不可能。几乎不会有母子平安的可能。但我们都有活下来的理由,于是都活了下来。然而,并非没有付出代价!一位我不久前才结识的年轻女子

---

[1] 1918年,H. D. 与苏格兰作曲家塞西尔·格雷(Cecil Gray)相爱后怀孕,于1919年生下女儿珀迪塔·沙夫纳(Perdita Schaffner,1919—2001)。

挑起了把我们从危险中拯救出来的物质和精神重担——但凡认识我的人都知道这个人是谁。她的笔名是布赖尔，我们也都叫她布赖尔。如果我能够恢复健康，她会亲自确保孩子能够受到保护和照料，并且带我去一个新的世界，开始一段新的生活，去到那片精神上我憧憬向往，空间上我梦想到达的地方。我们会去希腊，她可以安排。我们母子的确成行了，尽管那意味着我们将是战后到达雅典的第一批非正式游客。那是1920年的春天。1920年的春天对我来说代表着许多悬而未决的恐惧、风险、心痛、危机，不仅是身体上的，还有精神上、智性上的。如果当时的我有点不适应，甚至有点轻微的精神错乱，那也合乎情理。但在那些异常的经历中，教授只挑出了一个认为是危险，或暗含危险迹象，或出现危险倾向和征兆的。我至今仍不太明白，他为什么挑选了"墙上的文字"作为危险的信号，而无视其他在我心目中同等重要或者说同样"危险"的倾向和事件。不过，既然教授把"墙上的文字"视为最危险和唯一真正危险的"征兆"，我们就在这里回顾一下这件事。

29

　　1920年4月底，在伊奥尼亚海的科孚岛，我在酒店房间的墙上看到了一组由光与影构成的图像。从质感、强度、清晰度和真实感上来说，那与我关于公主——从阶梯上款款走下的法老女儿——的梦属于相同的心理范畴。我自己认为，这种梦，或者说这种被投射出来的图像和幻象，是一种介于普通的梦与那些通灵师或千里眼（由于缺乏更明确的术语，我们只能如此称呼他们）所看到的幻象的中间状态。回忆也是一样。比如，我在前面写过的那些关于我父母的回忆——父亲在花园里、母亲在教堂街上——某种意义上来说可以被称为"超回忆"；它们虽是普通的"正常"记忆，却保留了如此生动的细节，以至于它们几乎成了时间之外的事件，就像我那场关于公主的梦和墙上的文字一样。它们是目前仅被粗浅分类，但已经具有成熟机制的超自然、反常（或亚正常）精神状态中的台阶。台阶？公主正从一栋房子、宫殿或大厅的台阶上款款走下，她行经之处远在人类的领地之外。台阶尽头是一条河流，大概是一条生命之河，那是埃及的尼罗河。她是"我们的公主"——也就是说，她是我与教授的公主，是"我们的"守护者和灵感来源。她尤其是"他的"公主，因为这是一个生的愿望，我显然把这个梦投射进了或到了教授的种族与祖先的背景中。我们还谈到了他的年龄，他的七十七岁对我来说象征着一种神秘的力量和谜。我很坦诚地这样对他说，全然不怕被他冷落，或被他斥为荒谬和迷信。七十七岁对我来说意义重大。在他5月生日的几个月后，我也将会迎来一个与七有关的生日。那时我就四十七岁了，我们在年龄上相差了三十岁。但是，年龄又有什么意义？古埃及前王朝时期的古老意象或"玩偶"环绕着我们。当普塔的工匠在尼罗河边锤凿教授桌子上的那些拉、努特和卡的雕像时，摩西兴许尚未出世。

30

毫无疑问，那位才华横溢的女士，教授口中的"我们的公主"给我留下了深刻的印象，或许使我产生了相当的羡慕之情。毫无疑问，我无意识地觊觎她的地位、她的聪颖天资，以及她将西格蒙德·弗洛伊德晦涩而优美的学术德语翻译成同样卓越而优美的法语的能力。我无法与她匹敌。在意识中，我不想与她竞争；但在无意识中，我或许的确希望自己能够成为与她平起平坐的人物，或者拥有与她同等的能力，以帮助和保护教授。我还对教授关于未来生活的态度感到忧虑，虽然我并未公开承认这一点。有一天，教授与我谈起他的孙辈——他们将来会成为怎样的人？这个问题令我深感苦恼。他这样问我，就好像他直系子孙的未来在他眼中是唯一需要考虑的未来。当然，他自己的事业、他的著作已经有了完全平坦的未来；但还有一个更迫在眉睫的未来摆在他的面前。令我担心的是，他好像不知道这一点——这似乎是不可能的——然而他是真的不知道：在蜕掉他那副老旧、脆弱的蝗虫躯壳之后，他会"醒来"，然后发现自己仍然活着。

31

我没有对他说起这个。当时我没有真正意识到这件事情有多么令我忧虑。它是一个事实,尽管是一个我还没有亲自切实地处理的事实。"永生"这个抽象概念——灵魂在摆脱残破的,或再容不下自己的躯体之后,会以其他某种形式继续存在——作为我的种族和宗教遗产的一部分,已经为我所接受。新英格兰诗人奥利弗·温德尔·霍姆斯[1]的《鹦鹉螺》是我上学时最喜欢的一首诗,彼时我没想到它,但就在我写下这一篇时,它的韵律突然在我的头脑中响起。"直到你终于自由,让生命翻腾的海为你脱去不再合身的壳!"——这是全诗的最后两句。"再为你修建更宏伟的大厦,哦,我的灵魂"是诗中的另外一句。的确,与教授共

---

[1] 奥利弗·温德尔·霍姆斯(Oliver Wendell Holmes,1809—1894),美国医生、诗人,出生于新英格兰家庭,1858创作短诗《鹦鹉螺》("The Chambered Nautilus")。

处，让我感到自己已经达到了成就的最高点；我的意思是，在四十七岁时与他见面，被接收为被分析者和学生的经历，仿佛是我所有人际关系的顶峰，也证明了我身心所经历的所有螺旋式迂回曲折是值得的。事实上，我感到自己回家了。难免又有一首诗涌上了我的心头：

> 早已习惯漂泊在汹涌的海上，
> 　　你堇色的秀发、典雅的容颜
> 和仙女般的风姿已令我知详
> 　　何谓希腊的华美壮观，
> 何谓罗马的宏伟辉煌。[1]

当然，这是埃德加·爱伦·坡被引用最多的那首《致海伦》。我母亲的名字也是海伦。

---

[1] 此处译文引自曹明伦译本（《爱伦·坡诗集》，湖南文艺出版社，2018年）。

32

1920年春天,在希腊伊奥尼亚海的科孚岛上,我在酒店房间里的墙上看到投影出的一组画面或者说图形文字。教授将它们解读为我想与母亲融为一体的渴望。那时我人在希腊,在"赫拉斯"[1](海伦)。我回到了希腊的荣光中。或许,这场春日中的希腊之旅,会被解读为一次对现实的逃离。或许,我看到那画面的经历会被看作又一次逃离——逃离之中的逃离。反正也有翅膀。可以说,类似的经历我此前从来没有,此后也再未有过。我看到一个模糊的形状在床脚与盥洗台之间的墙上成形。那是傍晚时分,墙壁是黯淡的赭色。起初,我以为是阳光在卧室窗外橘树枝叶花果所投下的影子里闪烁。但我随即意识到,房子这一侧已经没有阳光了。墙上的图像就像无色的转印画,或

---

[1] 希腊的古希腊语为"Ἑλλάς(Hellas)",英语中的"Greece"来自拉丁语。

者我们小时候装模作样地用西班牙语说的那种"贴花纸"（calcomanias）。首先出现的是头和肩膀，四分之三的脸，没有任何明显的特征。看上去像是一名士兵或者飞行员的型版、印模，但这是微弱的光在影子中画出图案，而不是影子在光中投下画面。这个剪影是由光而不是影子勾勒的。这个人像毫无特征，他可以来自任何一个国家，可以是任何一个人。然而，他戴着一顶有檐帽，有一道熟悉的线条；于是，他立刻成了某个人，身份不明，但让我想到——死去的哥哥？离散的朋友？

随后出现的是一只高脚杯或杯子的轮廓，它其实暗示着神秘的圣杯，但轮廓就是我们都熟悉的高脚杯形状——圆形底座和细长的玻璃柄。这个圣杯与士兵的头部一般大小，或者说它们占的面积相同，就好像它们都是被印在人头牌上的常规图案，或者（我现在想到）都是纸牌上的图样。我曾对教授说，我会把我的纸牌都摆到桌上。这些图像便是我的纸牌；到目前为止，我已经收集了两张。第三个图案也很快出现了，或者是我现在能察觉到它。它是一个简单的透视图；至少与另外两个平面图案相比，它看上去更为立体。顶部和底部是两个圆形，下面的圆形比上面的要大一些；有三条线将两个圆形连在一起，像我说的，不是平面，而是透视图。只要理解倾斜平面能带来空间感，这个图案便很容易画成。它是如此简洁，却又如此令人熟悉，令我不禁再次思考"它是什么东西投下的影子"。但其实，它不是影子，它是"光"。不过，的确有一个与它一模一样的东西。那是我们带来的一只用来放小酒精灯的支架，它被放在老式盥洗台上方的架子上，与牙刷杯、肥皂碟等各种杂物摆在一块儿。（酒精灯？）我知道，如果那些图像是我自己的大脑投射出的，那这真的是一个巧妙的诡计、一条捷径、一个双关、一种玩笑。因为盥洗台上那堆杂物中的那座三脚灯架不是别的，正是我们的老朋友，德尔斐的三脚架[1]。由此，那只在太阳神崇拜中为人敬重的、象征着诗歌和预言的三脚架与眼前这个不起眼的小金属架之间产生了某种联系。我们在楼上房间里喝那杯续得格外久的茶时，会用这个小金属架来放置烧水的小锅，十分合适。于是，在我的脑海里，一件熟悉而平常的事物与德尔斐的三脚架联系了起来，它是酒精灯的底座和铝制容器的支架，是我行李中的第二或者第三件东西。现在，三脚架无疑成了更加令我敬重的事物。不管怎样，它就在那儿，我放在桌子上的第三张牌。

---

[1] 古希腊的德尔斐神庙是太阳神阿波罗的神庙。相传盲眼女祭司皮提娅（Pythia）一直坐在一只三脚架上转达阿波罗的神谕。

33

到目前为止,一切都好——或者说,到目前为止,这个"征兆"十分危险、十分异常。至少,墙上的文字或图像是前后一致的,是由同一个人用同一只手写就或画成的。那些图像就像是一个又一个标志、警告或指示牌,无论是出自我手,由我自己的潜意识投射出的,还是来自外部世界,它们至少足够清晰和抽象,同时又与我们日常时空中的意象相关。此时,我却突然停下,或者,是我的手突然停下——这里似乎遇到了一个小问题:这些符号引向何方,结论为何?就像是一位画家,从画布前退后一步,以便更好地观察构图;又像一个乐谱架前的音乐家,突然停顿片刻,或许在怀疑是否应继续演奏主旋律,或许是想着一个更为实际的问题——担忧亲自翻页会打断音乐的流动。此时我也一样——我在怀疑继续这种体验或者这种实验是否恰当,甚至是否安全。虽然那些图像在我大脑中成形所花费的时间不是很长，但是，我的大脑已经在向我发出警报：这是一个不同寻常的维度，一种不同寻常的思考方式，我的大脑或思维方式未必能够应付自如。或许在这个意义上，教授是对的（事实上，他总是对的，尽管我们有时会把各自的思想转译为不同的语言或媒介）。那时我坐在希腊岛屿酒店卧室里的老式维多利亚沙发上看到它；后来我躺在教授房间里的沙发上叙述它；十年之后的此刻，我又坐在伦敦自己房间的桌前书写它。我们总是近乎偏执地关注时间，在面对一个没有种族和时间障碍的问题时依然严阵以待，但我这个经历中却没有时间。这就是教授发现并终生研究的无意识或潜意识中的象形文字，它就在我们眼前实际动作着。不过，想要维持这种心境、"征兆"或者说灵感并不是一件容易的事情。

我就坐在那儿，而旁边是我的朋友布赖尔，就是她带我来到希腊的。我可以转向她，但还是一动不动，没有停止凝视我面前的墙壁，就像占卜师看水晶球那样。我对布赖尔说："那里有一些图像——起初我以为是一些影子，但它们其实是光，不是影子。那是些很简单的物体——当然，这很奇怪。只要我想，我便可以脱离它们——一切取决于我的注意力是否集中——你觉得呢？我要停下，还是继续？"布赖尔毫不犹豫地说："继续。"

34

当我与布赖尔说话时,墙上的图像在嗡嗡地震动——确切地说,一些细小的生物出现在三脚架底部,但它们是黑色的;它们在三脚架底部和周围移动,但体型很小;看起来像蚁群,或者别的什么非常小的、翅膀还未长成、尚不会飞的幼虫。苍蝇?它们看起来像是苍蝇,但是,不,它们其实是小小的人,全部是黑色的,由影子勾勒出来,与前面描述过的三张"纸牌"上的图像刚好相反。它们不具有任何意义,就只是一团灰尘,一缕烟雾,或者一群来回飞动的小蠓虫,不过一直在同一个平面上,就像是在行走而非飞翔。我一边思考着这意味着什么,一边感到困扰和烦躁——就像一个突然走在乡间小路上的人,在傍晚的光线中突然被一大团蠓虫包围。它们无关紧要,但如果有一只飞进眼里,那就麻烦了。此刻我就有那种感觉;人们,人们——他们真的如此令我困扰吗?他们是否终将蒙蔽我的灵视，或者比这更糟，其中一个是否将"飞进我眼里"？他们是人，他们令人困扰——其实我并不憎恨人类，也从未对任何一个人怀有怨恨。我认识过很多天赋异禀、魅力四射的人，他们当中有人看重我，有人轻视我；然而，无论他们对我的态度是赞扬还是轻蔑，在最严肃的问题——生与死——面前，一切都显得无关紧要。（我生下了我的孩子，我活了下来。）不过，奇怪的是，我很清楚，不能与他们分享我这次经历，这次看到"墙上的文字"的经历，除了那个勇敢地站在我身边的女子之外，我不能与任何人分享。这个女子毫不犹豫地对我说："继续。"她真正拥有德尔斐女祭司的超然与正直。不过，看到这些图像，阅读这些文字的那个人是我。我被生活打得鼻青脸肿，远离在美国的家人和英国的朋友；可我被赋予了内在的灵视。又或许，在某种意义上，我是与她一起"看到"的，因为如果没有她，我可以肯定我绝对不会继续。

35

然而，尽管已经得到了她的支持，注意力的高度集中还是令我头痛欲裂。我很清楚，如果我放弃，降低凝视的强度，闭上眼睛，甚至只是眨眨眼休息一下，墙上的图像就会消失。我的好奇心是无法满足的。这类事情在我身上从未发生过，可能以后也不会再发生了。在看着那些图像的时候，我其实并没有分析它们，但现在看来，它们的投射机制（无论是否来自我的大脑内部）很可能与我对德尔斐神庙的感觉有关，或在某种程度上有关。事实上，我们本打算在伊泰阿下船；我们从雅典坐船出发，经过科林斯运河，然后上行至科林斯湾。德尔斐和赫利俄斯[1]（赫拉斯，海伦）的神殿一直是我此番旅行的主要目的地。在我心中，雅典紧挨着它排在第二位。然而，离开雅典之后，当船停

1　赫利俄斯（Helios），希腊神话中驾驶日车的太阳神。

靠在伊泰阿时，我们却被告知，眼下前往德尔斐的路途十分曲折凶险，单独两位女士绝对无法成行。虽然在我之前的想象中，通往德尔斐的路途十分清晰——它就藏在帕纳索斯山脚下。我和布赖尔不得不在科孚岛上停留了更多时日，从岛上的美丽风光中获得满足。

但是，关于德尔斐的念头一直深深地触动着我。在希腊之行的前一年春天，那年春天伦敦十分寒冷，仿佛还未走出严冬一般，布赖尔曾与我聊起那条赫赫有名的神圣之路。在1914年战争爆发之前，她与她父亲一起去过那些地方。1919年我大病一场。在养病期间，有一次我对她说："只要想到我或许能够走上通往德尔斐的神圣之路，我便感到，我的身体会好起来的。"但是，我们都已经到了希腊，却终究没能去成德尔斐。我们朝相反的方向走去——布林迪西、罗马、巴黎、伦敦。书本、打字机和打包到一半的行李散落一地；很显然，我们就要离开了。并且，这次离开科孚岛之后，我们不会再回雅典了，尽管那曾是我们的计划——在刚刚抵达科孚岛的时候，我们还想着，或许之后能碰上一个合适的机会，或许我们能在雅典遇到一支考古队，便可以随他们一起走陆路到德尔斐。希腊正处于政治动荡之中，旅行十分困难。在酒店时，我们碰巧遇到了几位熟人，他们都对我们"单独两位女性"居然能在这个时候被允许来到这里感到惊讶。我们总被看作"单独两位女性"或者"单独两位女士",尽管我们并非是单独。

36

墙上的文字曾在《圣经》和其他一些古典文学中出现。[1]至少,这种传统一直存在——收到来自另一个世界、另一种存在的讯息或警示。德尔斐,具体来说,是预言家与音乐家的圣地,是艺术家的灵感源泉和医者的守护神。"无可挑剔的医生"阿斯克勒庇俄斯[2]不正是被普遍认可为太阳神阿波罗之子吗?宗教、艺术与医学,经过后世的发展,逐渐分道扬镳,渐行渐远。那只三脚架——我在墙上看到的第三个图像,我为年迈的教授摆在桌上的第三张"纸牌"——便是三者合作的象征。它们能形成一种新的表达方式,建构起一种新的思考方式和生活方式。我们知道,三脚架象征了神启、预言、神秘学或隐秘的学问,因为德

---

[1] 典出《旧约·但以理书》5:1—31。
[2] 阿斯克勒庇俄斯(Asclepius),希腊神话中的天医。他是阿波罗之子,手持蛇杖。

尔斐的女祭司或女预言家正是坐在三脚架上念着她的诗行，即著名的德尔斐预言，据说，人们可以用两种方式来解读它们。

我们也可以用两种甚至两种以上的方式来解释我为什么会看到"墙上的文字"。我们可以将其理解或解读为一种被压抑的对禁忌的"征兆与神迹"的欲望，渴望突破限制，成为女预言家、成为重要人物，人们称之为"自大狂"——比如"创立一种新宗教"的隐秘欲望，就像教授对于后来那场关于摩西的梦的解读。又或者，"墙上的文字"只是艺术家思维的延伸，它是一幅图画，或者一首配有插图的诗，从实际的梦或白日梦的内容中被提取出来，最后被投射在我面前的墙上（它看似来自外部，但其实却是从心灵内部投射出去的）。它确实是一个能量很强的念头，只是被过度强调，过度思虑。你也可以说，它是一个念头的回音、一个印象的反射，是一个失控了的"怪异"想法，因为过度而变成一个"危险的征兆"。

37

不管是征兆还是灵感,墙上的文字仍在自动或被动地继续。尽管其中的符号可以被转译为当今的术语,但它仍然是一种图形文字;精神上它是希腊而非埃及的。不过,其中原始和基本的意象对于全体人类和几乎所有时代来说都是共通的。

38

在床脚与盥洗台之间的墙上,那些转印画或"贴花纸"一般的图像排成一排。不过,现在它们却开始,至少即将开始向上移动了。三脚架的底部不再"嗡嗡"震动,黑蝇已经散尽,或者说影子般的小人消失了。最早的那三幅图像("桌上的纸牌")是静态的,完整地呈现在那里;起初它们还有些黯淡,但随着我渐渐识别出了它们的轮廓,领会了它们的意义,它们变得越来越清楚。可是,现在又有新的图像或符号在我眼前展开。移动的手指开始书写。[1] 盥洗台横杆上方的墙上有两个光点出现(或被置于那里),极其缓慢地,一条直线开始形成。仿佛这两个强烈的光点从各自的中心被缓慢地拉向彼此,光点渐暗,直到两条线

---

[1] 这里引用了波斯诗人莪默·伽亚谟(Omar Khayyam,1048—1131)《鲁拜集》(*The Rubaiyat*)中的一句诗:"The moving finger writes."(爱德华·菲茨杰拉德英译)。

条交汇在一起。很显然，它们一定会碰到一起，根据这个形态（就像黑板上的两点那样），我们将得到一条直线。我不知道那两条游丝般的细线花费了多长时间才相交，合二为一，被加粗或变成斜体，似乎被突显出来。一条线？或许只用几分之一秒的时间就形成了，但我现在非常清楚如此这般集中注意力有多么困难。我的面部肌肉甚至在努力中变得僵硬，我可能会像智慧女神雅典娜的敌人那样石化，在珀耳修斯[1]掏出戈耳工[2]的头颅时。我会不会正注视着戈耳工的头颅，注视着一个可疑的对象、一位必须对付的敌人呢？又或许我自己便是珀耳修斯，那为真理与智慧而战的英雄？但是珀耳修斯有飞鞋和隐形用的狗皮盔，它们总能协助他找到出路。更别提他还能使用戈尔工被割下的头颅这件丑陋的武器，因为雅典娜（或是赫耳墨斯，墨丘利？）指点了他。他从盾牌的光面中观察这被割下的丑陋头颅——它来自智慧与美的敌人——从而运用他的武器。如果没有被用作镜子或反光镜的盾牌的保护而直视这丑陋的头颅或邪恶之源，即使他这位半神、这位英雄，也会石化。

---

[1] 珀耳修斯（Perseus），希腊神话中的英雄，宙斯与达那厄之子，最著名的事迹是割下了戈耳工女妖美杜莎的头颅。
[2] 戈耳工（Gorgon），希腊神话中的女妖，能使看到她的头的人化为石头。

我仍在琢磨这一点,尽管那时我还没进行这种类比。但是,即使在思忖当中,我仍然坚定而专注地盯着面前的墙。

39

墙上已经有了一条清晰的线。但是，当我从中恢复过来，还没来得及喘口气，似乎又有两个新的光点出现了。我很清楚，它们会以同样的方式再次形成一条线。果然，一条接一条线陆续在墙上出现，每一条都比前一条要短上一些。最终，这一列逐渐缩短的线组成了一个梯子或让人觉得是梯子的东西，架在盥洗台上方。这是一个光的梯子，不过，像我说的，即使现在，我仍然没有停下来歇口气。我能够如常地自然呼吸，可我有一种在水下屏气的感觉，仿佛正在水下寻找宝藏。如果浮出水面，我就会永远失去关于宝藏下落的线索。因此，我虽然坐得笔直，却感觉好像是在潜水一般，头朝下坠入水中——坠入另一种元素当中。我感到一直找寻的答案或宝藏已经近在咫尺，如果错过这个机会，我的整个生命、整个存在都将永远枯萎。我绝不能放弃，绝不能因为错过这一组图像的结尾而令目前为止痛苦地接收到的一切都失去意义。我必须坚持，否则图像便会消散，它们的连续性也将丧失。从某种意义上说，我处于快要溺水的状态；我"半沉溺"在普通的时空维度中。我很清楚，自己只有像那样彻底沉溺其中，才能抵达它的另一面，然后从中走出（就像爱丽丝与她的镜子、珀耳修斯与镜子般的盾牌那样）。我必须彻底沉溺，然后要么从另一边出来，要么就在第三次下沉之后带着从深处捞起的宝藏浮上水面，没有死去，却拥有了一套新的价值观念。我必须重生，或者粉身碎骨。

40

　　这些线似乎经过漫长时间才分别形成。或许它们象征着漫长的时代，乃至千万年的光阴。无论如何，到目前为止，我保持着注意力集中，也保住了墙上的画面。那个梯子要么有七级，要么有五级；我没去数它。无论如何，它们是象征性符号，梯子本身就是一个人人皆知的符号，一个常见于所有宗教神话与传说的象征；它可以是雅各的天梯[1]，如果你愿意这样去想的话。

　　万幸的是，最后一个图像成形的速度非常之快。至少，这减轻了我在等待中的压力与焦灼。她出现了，我称其为"她"；我叫她尼刻[2]，胜利女神。她面朝墙壁，或者说是贴

---

[1] 典出《旧约·创世记》28:10—19。雅各梦到了一个梯子，耶和华站在梯子上宣布赐予雅各后裔和福祉。
[2] 尼刻（Niké），希腊神话中的胜利女神，常与雅典娜一起受到崇拜。她的形象常带有翅膀。她象征战争的胜利，也象征生活中的好运。

着墙面，从梯子的最后一级开始向上移动，她移动或浮动得很快。在我的右边，也是她的右边，在盥洗台上方的镜框与梯子中间的墙上，一些断裂的曲线开始浮现。更确切地说，那些曲线悬在梯子上方，飞动的天使从它们旁边擦身而过，并没碰到它们。我意识到，这个装饰性细节在某种程度上与镜框上的涡卷形花边有关。但就和三脚架的情况一样（三脚架也与架子上的一个家常物品形似），墙上的曲线并不能被看作镜框涡卷图形的复制或者影子，因为它们也由光组成。而且即使影子可以被投射，方向也不一致。那些S或者说半S图形朝向着天使，也就是说，这一串S形图案迎着天使的方向开口，看上去就像是一个个没有圆点的问号。我不清楚这些涡卷图形的含义，那时我只把它们当作波浪形的装饰。但现在回想起来，我觉得那些翻转的S形图案或许代表着一系列问号，而人们积年累月的疑问，还会继续下去。

41

胜利女神尼刻——那时我便这样叫她——还在移动。她看上去就是位普普通通的天使，和你能在复活节和圣诞节卡片上找到的那些天使没什么两样。她背对着我。与最先出现的那三个符号（或者说"纸牌"）一样，也由十分简单的线条构成，轮廓分明。但与之不同的是，她不是扁平的，也不是静止的。她处于空间之中，处于没有边界的空间之中，尽管正沿墙向上移动，却没有平贴在墙面上。她是一幅动态的图像，幸好她移动的速度很快，或者说她漂浮得十分平稳，使我的心灵终于得到了一些休息，就好像终于从栅栏般的梯子逃出，不必再攀爬也不再被禁锢，重获自由并长出了翅膀。她继续向上移动。一些像帐篷一样的三角形在她头顶左上方，这块黑板（或者说光板）或屏幕上的空白处出现。之所以说它们像帐篷，是因为虽然它们只是简单的三角形，却让我想起了帐篷。我感到，尼刻马上就要走入那些帐篷，然后从中穿过。她的确这样做了。到目前为止，一切都好，但已经够了。我垂下头，把脸埋在手中。努力集中注意力令我头痛，但我觉得自己已经看完了图像的全部。"尼刻，胜利。"当我这样想着，我甚至感觉，她所指示的并不是眼下的这场胜利，而是另外一场；也就是说，还会有一场战争。当那场战争一年一年、一点一点地打完之后，（我觉得）我将进入另一个可以飞翔的维度，我将获得自由。因为在我看来，那些帐篷并非代表着过去的——不论是不久以前，还是更远的历史中的——战场，而代表着在另外一场即将到来的战争中将被搭建的帐篷或庇护所。墙上的图像在此刻似乎与另外一场战争有关，但是，胜利终将降临。胜利女神尼刻似乎是一条线索，她是独属于我的一个特殊符号，是我的象征的一部分。就在不久之前，我们来到雅典，在雅典卫城看到了矗立在岩石上的那座小小的胜利女神殿。从卫城山门转个身，它就在我们的右手边。我必须牢牢地记住这个词。我想着："尼刻，胜利。"我想着："赫利俄斯，太阳……"然后，在最后一幅画面出现之前，（也可以说）在"爆炸"发生之前，我切断了自己与墙上的图像之间的联系。

但当我告诉自己，我已经受够了，甚至已经负荷过重，一直在我身边等待的布赖尔在我"阅读"中断的地方接替了我。后来她告诉我，直到我把脸埋进手里，她都没在墙上看见任何东西。她耐心地陪伴着我，满腹疑问，而且深深担忧着我的精神状态，非常焦虑。但是，当我从彻底的身心疲惫中解脱且放松下来之后，她看到了我错过的东西。那是这个系列图像的最后一个部分，或者说最后的总结性符号——也许，就是真正的象征中实际存在的"决定性符号"。它涵盖了系列中的全部图像，指引我们梳理、分析它们的意义。无论如何，它是一个非常清晰的图像或符号。她说，她看到了一个像太阳圆盘的圆形，有一个人在圆盘之中；她感觉，那是一个男人正伸出手，把一个女人的图像（我看到的尼刻）拉进太阳，拉到他身边。

42

中间的那些年基本上就是数着日子等待。一方面，一种十分明显的停滞感或惫倦感在同时代的许多人中逐渐增长；而另一方面，也有一批对政治趋向颇为敏感的人，但我觉得他们几乎过于精明、政治头脑过于敏锐，智力过于高了。我对一些东西有所预感，我在等着它们发生。对此，第一种人会皱紧眉头，不过我很早便学会了不要将自己的想法和恐惧全盘托出；他们的心理十分病态，过度自省，并且极度自我中心。为什么——我的姐夫在黑森林度过了一个无比愉快的假期（与——某某人一起——引经据典），食物特别好吃——每个人都热情好客、魅力十足。而如果我斗胆向第二种人稍微提出自己的观点，我将不会得到任何具体的回应。他们只会朝我扔来一大堆尚未被消化的、长篇累牍的理论。想想那些曾被灌输的长篇大论，我就感到头痛：会发生什么事呢？谁会在什么时候掌权呢？他们虽然拥有抽象的洞察力，但看过来和第一种人一样糊涂、愚钝，尽管表现得不同。至少，他们的理论和累积起来的材料看上去毫无根据、欠缺处理。但我承认——是的，我知道——这部分是因为，我在杰出的统计学家和单轨思维的理论面前总是感到绝望。这能带你到哪儿去呢？我想要朝这两种人大声疾呼。第一种人拒绝承认洪水即将来临的事实；而第二种人选择用无穷无尽的严谨的数学公式去计算钉子的数量，测量木板的长度，却似乎对方舟应该如何组装一无所知。

43

在维也纳，影子拉长，潮水上涨。然而，灰暗岁月即将到来，其迹象以奇特的方式显现出来。比如，时不时会有一些艳俗的五彩纸屑在空中飘洒，金箔纸做成的万字符和窄条印刷纸漫天飞舞，和我们从圣诞糖果中抽出来的东西很像。那种有趣的圣诞小礼物被美国孩子叫作"纸炮"，在英国则叫作"拉炮"。派对已经开始，也许这是一场生日会或婚礼的筹备工作。一天早晨，在离开雷吉娜酒店的时候，我弯下腰，从地上捞起了一把像五彩纸屑一样的纸券。常见的长方形薄纸上印着东西，像极了人们在派对上玩的纸炮中掉出来的那种小纸条；我们把它们叫作箴言。眼前这些箴言都格外简明扼要。入门级德语也能读懂，"希特勒给面包""希特勒给工作"，如此等等。我想，或许该把这些小纸条夹在信中寄给我在伦敦的朋友，不知是该寄给我最早认识的朋友，还是在那之后才认识的一位。我想象着恶作剧成功的场面——纸屑像雨一样愉快地飘洒在肯辛顿和骑士桥的地毯上,或者落在切尔西和布鲁姆斯伯里工作室光洁的地板上。那将会是一个绝妙的玩笑。这些小纸片干净簇新,上面的涂金就像达那厄[1]的黄金雨那样灿烂,充满了生日蛋糕、蜡烛或新买的圣诞树装饰的味道。然而,这金色不会保持很久,纸片也不会保持簇新,因为人们在自由广场,在人行道上走来走去时,会毫不在意地踩在这达那厄的黄金雨上。难道我是全维也纳唯一一个弯腰去捡拾这些纸券的人吗?似乎是的。酒店的一位门房拿着一把长柄扫帚走了出来,有条不紊地清扫着人行道上的纸片。看到他时,我将那把纸片丢进了排水沟。

---

[1] 达那厄(Danae),希腊神话中珀耳修斯的生母。宙斯曾化作黄金雨与达那厄相会。

44

还有其他的万字符。现在,有人用粉笔把它们画得满街都是;我跟着它们走过伯格街,就好像它们在给我指路一样。万字符领着我走到教授门前——或许它们一路延伸到另一条街上,直到另外一家人的门前,但我没有走更远去看。没人刷掉它们。在人行道上擦去粉笔画的骷髅头并不是件容易的事。除了麻烦之外,这么做也比把金箔纸扫进排水沟更加引人注目。而且那是一段时间之后的事了。

45

后来街上有了步枪。它们被整整齐齐地码在一起,立在街角的临时宿营地上。应该是一个周末,我有些记不清了。我可以查看当时的笔记,核实它们出现的具体日期。但是对我们来说,总体上的印象比历史或政治事件的序列要重要得多。它们不是德国枪——又或许是的;无论如何,那些士兵都是奥地利人。整齐排列的步枪给街道带来了一种整洁、完竣的效果,就好像一件1860年的印刷品。步枪似乎是老式的,士兵也都显得十分老派;这不由得让我想起我们的南北战争的熟悉场面。他们似乎也在打一场内战。没人愿意为我解释到底发生了什么。我问过酒店门房,他平时颇为健谈,却在那时面露难色。好吧,我总不能强迫他与我讨论,引导他发表什么危险意见,于是我出去了。附近有一些人,士兵们看上去就像刚从南北战争后重建时期的照片或者电影中走出来似的。他们并不令人生畏。当时是下午或傍晚，我原打算去看场歌剧。如果不去剧院，我要么就在房间里百无聊赖，要么就徘徊在酒店附近，一边观察一边猜测到底发生了什么，因此还不如去看歌剧，如果仍然有歌剧上演的话。走在一条主干道上的时候，我被人拦住问话。我用我那不太像样的德语简单答道，我是来维也纳旅行的游客；在酒店里，他们称呼我为"英国女士"，所以我说我来自英国，实际上也的确如此。我在做什么？我要去哪里？我说，我要去看歌剧，如果我没有打扰或妨碍到他们的话。他们低声交谈了几句，拖着脚步走来走去。我尴尬地发觉，自己已经引起了几位军官的注意。最后，他们几乎派了一个仪仗队的士兵护送我去歌剧院。歌剧院门口有更多的步枪、更多的士兵，他们或坐在剧院门口的台阶上，或立正站在人行道上。看来，无论如何，没有什么能够阻止歌剧上演。我看了一会儿演出——我已经不记得是什么戏了——就回去了。在回去的路上我没再遇到什么麻烦。

46

后来,周围变得安静,酒店大堂看起来空荡得奇怪。连门房都不在他的桌子后面了。也许这是紧接着的那个星期一;无论如何,那天有例行的会面,我应该去伯格街赴约。小女仆葆拉从门缝里往外看了看,犹豫片刻,然后小心翼翼将我招呼进去。她没有戴那顶漂亮的帽子,也没有穿配套的围裙,显然没料到我会来。"但是——但是今天还没人来过;也没人出去。"好吧,她能否替我解释两句,以防教授不想见我?她把等候室的门打开,我像往常一样进去等待。房间里有圆桌,有旧报纸、旧杂志等等零碎的东西,墙上如常挂着几个人的镶框照片:其中,哈夫洛克·霭理士医生和汉斯·萨克斯医生在墙上向我问好。教授早年收到的一份荣誉证书也挂在这里,那是规模不大的新英格兰大学颁给他的。另外还有一幅古怪的印刷品或版画,内容是"活埋"之类的,充满丢勒式象征性细节,噩梦一般恐怖。窗户上挂着长长的蕾丝窗帘,活像戏剧和电影中才会出现的一个"维也纳的房间"。

片刻之后,教授从里面打开了门。我进去坐在沙发上。教授问道:"但是你为什么会来呢?今天没有任何人来这里。没有人来。外面是什么样子?你为什么要出门?"

我说:"外面很安静。街上似乎一个人也没有。酒店里也很安静。除此之外,几乎与平常没有什么区别。""你为什么会来?"他问道。似乎这让他十分困惑,他不明白到底是什么驱使我来这里。

47

他期望我说些什么呢？我想我没说。我的理由应该已经不言自明？我来这儿，是因为别人都没来。就好像又一次，颇具象征意味地，我一定要与众不同。飞翔的荷兰人现在在哪儿？还有那位我还没见过的美国女医生呢？我认为那时只剩下我们四个相当特殊的人还在教授这里学习。的确，教授的门徒或学生，安娜·弗洛伊德女士[1]忠实的朋友，伯林厄姆夫人[2]就住在楼上的一套公寓里。有一回在我的分析开始之前，她曾请我去楼上喝茶。教授并非孤立无援。据我所知，公主的特使们就守候在不同的公使馆门口，一旦教授的人身安全受到威胁，他们便会立刻通知她。但

---

[1] 安娜·弗洛伊德（Anna Freud，1895—1982），西格蒙德·弗洛伊德最小的女儿，儿童心理学家。
[2] 多萝西·伯林厄姆（Dorothy Burlingham，1891—1979），美国儿童心理学家。

是，从某种意义上来说，我是唯一一个从外面世界来的人，当小葆拉仅仅把前门拉开一条窄缝，惊恐地看向门外来客时，这一点已经得到了证实。我又一次与众不同。我摆出了一副特别的姿态，尽管我自己其实认为，我只是出于最基本的礼貌才到这里来的，这是我们例行的会面时间，是属于我们的时段，是我们共处的"时间"。教授此时作何感想，我不得而知。他不可能在想，"我是个老头子——你认为不值得花费时间去爱我。"不过，如果他想起这句话来，这就是我的回答。

48

或许就是那天，教授与我谈起了他的孙辈。不管具体是在哪天，当时我突然感觉意识中出现了一道鸿沟、一个断裂，一条裂口，或者一场分裂，但试图对他掩饰自己的状况。那是一种部落式的、十分传统的马赛克图案。当他细细数过孙辈及其父母的名字时，我感到一种熟悉的厌烦，以及智识上的疲劳。这种熟悉的烦倦就好像我正在从一本字体很小的学校或主日学校使用的《圣经》中寻找旧时家谱一般，或者在阅读《创世记》中无趣的部分，而不是开头关于鸟类、爬行动物、树木、太阳、月亮、或大或小的光芒的那些令人兴奋的诗行。他在担心他们（这也不足为奇），而我在担心着别的事情。那时我还没意识到究竟是什么令我备感焦虑。我很清楚，不久以后教授便会离开，搬去另外一个地方。然而据我观察，他是根据古老的犹太传统来预想自己的永生的。他会像亚伯拉罕、以撒和雅各[1]那样，在他的子孙后代身上获得永生，而他们会如同海边的沙一样不断增多。在我看来，这便是他的思维方式，也会是他之后在面对那危险的空白石墙，在面对肉体毁灭时的所思所想。

至少，有一个问题悬在我们中间——"我的孙辈将来会成为怎样的人？"他在展望未来，但是，他将自己对不朽的思虑转化到了子孙身上。他会活在他们身上；当然，他也会活在他的著作中。我好像含糊地对他说过，后人将永远对他写下的文字心怀感激，这一点我应该提过——我敢肯定，我一定这样说过，在那个时候或另外某个场合。但是，尽管那是一句真诚的赞扬，在某种意义上，它终究是肤浅的，多少显得贫乏无力。他的著作会不朽，这显而易见。但如果想要充分表达这一点，就不得不提及一些过于高深的专业知识，那样的话，我对他的钦佩——对于他所主张的东西、他实际上是怎样的人——就会被用一种有点过于正式、过于拘谨和精确、过于俗套、过于平庸、过于礼貌的措辞传达出来。

---

1 亚伯拉罕，《圣经》中以色列人的始祖。以撒是亚伯拉罕之子，雅各是以撒之子。

我不想喃喃自语一些俗套的话；已经有太多人这样做了。如果我不能准确地说出自己的想法，便选择缄口不言——就像在他七十七岁生日时，我没有找到合意的东西，便什么礼物也没送。直到后来，我才为他补上了那束当初寻而不得的栀子花。那是在1938年的秋天。而这些话，当时未能说出口的话，也要等到稍晚的1944年的秋天才终于启齿。这些花和话语有一个共同点，即它们都是我迫切想为教授找到的东西。"迎接诸神归来。"的确，"其他人读作'诸物'"。许许多多的人都读作"诸物"，并且永远如此。但是教授一定读懂了我的暗语：他也被包括在了诸神之中。他自己已经算得上不朽。

49

曾经我不知道他具体是谁,而如今看来,一切都是如此明显。很久以前,还在美国时,我做过一个特别的梦,又或者那不是梦,只是一闪而过的幻觉。这类事不常发生在我身上,尽管很小的时候,我和许多小孩子一样,有过一两次异象或超自然体验。那一次,我一定已经十八九岁了。那幅画面,抑或只是画面的一个部分给我留下了如此深刻的印象,我曾试图去把它弄明白。其实那并不算是一次多么令人震撼的经历。我看到的幻象或画面不过是:在入睡前或者刚醒来的时候,一个坚实的形状浮现在我眼前,没有云雾缭绕,也没有朦朦胧胧,那是一块圣坛形状的石头,一道粗糙的界线将其分成两半。那条线很浅,但它的确把石头表面分成了两半。其中一半上粗糙地刻着一条蛇的图案,姿态非常普通,蛇身盘绕,蛇头直立;另外一半上粗略地刻有一株蓟草的图案,样式普通,画风自然简约。

我为什么会看到这些呢?

如今想来有些奇特的是,后来竟然是埃兹拉·庞德帮我解读了这幅画面。埃兹拉比我大一岁,我十五岁时就认识他了。我想,除了他和一个叫弗朗西斯·约瑟法[1]的女孩(后来我第一次去欧洲是和她一起)之外,我没有再和任何人提起这件事。当时,埃兹拉正与他的父母一起住在费城郊外的一幢别墅里避暑。在那里的一天下午,埃兹拉对我说:"我对你那只'砖头上的蛇'有了一点头绪。"——他就是这么说的。我们走进书房或者藏书室——那是一座从朋友那里接手的配好家具的房子,埃兹拉翻出了各式各样的参考书和词汇索引书,最后得出了一个令他满意的结论:它要么是过去的闪回,要么是未来的预兆,并且这一切都与阿波罗之子、半神半人的阿斯克勒庇俄斯有关。他被宙斯用雷电击死,后来化为天上的星座。一直以来,蛇无疑都是象征着疗愈的符号和图腾,也象征了我们的最后一次"蜕皮"——当从沉重的身躯中解脱出来时,我们将获得最终的治愈。正如我们所知的那样,蛇象征着死亡,但也象征着复活。

---

[1] 弗朗西斯·约瑟法·威尔金森(Frances Josepha Wilkinson,1885—1941),美国诗人。婚前名为弗朗西斯·格雷格(Frances Gregg)。

我们没有找到相关的图片。埃兹拉轻描淡写地说："蓟草就是会随着它出现。"我认为他其实没能把蓟草与蛇联系起来，但无论如何，是他首先让我意识到，我可以把它与"无可挑剔的医生"阿斯克勒庇俄斯联系起来。后来我只在一个地方找到了与我看到的石头上一模一样的图案，仅此一次。1911年夏天，我与弗朗西斯·约瑟法和她的母亲一起旅行，那是我们第一次出国旅行。我们从纽约出发，抵达勒阿弗尔后坐船沿着塞纳河一路向上直到巴黎。"在这儿，"在第一次参观卢浮宫画廊时，我说，"快看。"好像它下一秒就会像我梦中的那块"砖头"一样消失。它是一枚图章戒指，和一些希腊罗马时期或是希腊风格的印章和封口章摆在一个展柜里。戒指上有一块椭圆形灰色玛瑙。它在玻璃罩下面，与其他图章戒指排成一排。那是一枚非常小的戒指，镶嵌其上的玛瑙相当脆弱，人们只能辨认到这个程度。但我绝没认错上面的图案，就和原来的那块石头一样，右边是身躯盘绕、头颅直立的一条蛇；左边刻着一条精致的根茎，顶着花头，下面的复叶长满刺，那就是蓟草。尽管我不时抽空翻看各式参考书，甚至为了"以防万一"，还会搜寻硬币、护身符的经典设计，可我从未在其他地方找到过这种图案。到处都有蛇的图案，我也看到过带有蓟草图案的纹章，但从未见过它们组合在一起。希腊和托勒密风格的插图中没有，真正的希腊陶罐和伊特鲁里亚花瓶的边边角角里也没有。这些年来，每次在横跨大陆的旅行中，需要在巴黎停留时，我都要回到卢浮宫，用眼见为实来向自己证明，无论如何，那枚图章戒指不是我"梦到"的。它就在那儿，永远在同一个位置——它在玻璃下面的框架里，旁边放着一张褪色的小纸条，上面写着一个字母或者一组字母和一个数字。有一次我甚至不惜买下一本涵盖这一部分藏品的特别目录，希望能得知更多细节。但"我的"这枚小戒指在书中被一笔带过；上面写着，"希腊－罗马式或希腊式凹雕图章戒指"，以及一个合适的估定日期。再无其他。

50

signet（印章）——来自sign，记号、信物、证物；印章——私章，图章；signet-ring（图章戒指）——带有图章或者私章的戒指；"sign-manual（亲笔签名）——皇家签名，通常只是君主姓名的首字母。（我一直用自己的首字母缩写H. D. 作为手写印章或签名，然而直到在《钱伯斯英语词典》中找到signet这个词时，我才意识到，我的手写签名一直都与最高权威和皇室作风有着某种遥远的联系。）sign——用来指代其他事物的词、手势、符号或者标记。以及，sign——（医学）症状，（天文学）黄道十二宫之一。还有，sign——附上签名；sign-post——指示牌；它们全部来自法语signe和拉丁语signum。写下最后一个词时，我的脑海中突然闪现in hoc signum（以此标记），或者是in hoc signo（以此记号）和 vinces（征服）。[1]

---

[1] "in hoc signum vinces"或者"in hoc signo vinces"意为"以此记号，你将征服"，相传是罗马帝国皇帝君士坦丁一世（275—337）在米尔维安大桥战役（312）时看到的天空中上帝传来的征兆。后来君士坦丁一世成为第一位信仰基督教的罗马皇帝。

51

教授某个柜子的角落里有几只古董戒指，它们让我想起巴黎卢浮宫画廊里的那枚图章戒指，但我当时或之后都没有对教授说起这一点。尽管当时对它们感到好奇，我也没有请求教授打开柜门让我看看。他拿起了桌上众多雕像中的一座。他把它拿在手上，看向我。我猜，那是他认为最能引起我兴趣的一座。桌上的雕像是对称摆放的，正中间是一座印度牙雕。我不知道这尊毗湿奴[1]（我想是的）坐像被放在正中间，究竟是因为它本身十分重要，还是因为教授最喜欢它，又或者只是因为它的外观适合被放在中间。虽然我也意识到了牙雕的材质优越、设计绝妙，但我主要在用抽象的眼光看它；这个主题本身没有特别吸引我。一个个蛇头像花瓣一样向上抬起，在坐像的上方形成一个拱顶

---

[1] 毗湿奴（Vishnu），印度教三相神之一。

或帐篷；也许他坐在一朵花或者一片叶子上；整体上来看，整座雕像是一朵花被纵向切开之后的一半；神像居中安坐，看上去就像一簇雄蕊，一个椭圆形种荚。只有在靠近时，才能看清这个小小的神像和背景中蛇头组成的对称拱顶。的确，每个蛇头都像一个半S，让我想起1920年春天在希腊科孚岛卧室墙上看到的那组图像中的涡卷形图案——倒转的S、不完整的问号。但我从未与教授说起这层联系。这座印度牙雕身上极致的美令我有些局促不安，它吸引着我，但同时拒斥着我。

我并不清楚，教授每次带我去内室是为了分散我的注意力，还是为了与我交流，或者这一切都只是他计划的一部分。他是想要知道我对这些小雕像背后的某些观念是什么态度吗？还是想知道我对那些已经被岁月风化却依旧隐含其中的充满活力的观念有多么深刻的感受？又或者，他只是想要与我分享他收藏的珍宝，那些摆在我们面前的有形之物——但其实它们都指向他心灵中那些无形却更加迷人的珍宝？无论他的想法究竟是什么，当时的我同往常一样，想要与他求同存异、达成一致；我想以一种尽可能不唐突的方式回馈他向我巧妙施予的好意。如果这是一场游戏，为了迂回地搞清我在无意识中焦虑地向他隐藏了什么东西，那么，好吧，我会尽我最大的努力去配合这场游戏，这场"猜谜游戏"——或者无论别的什么。由于那座牙雕引起了我的注意,再加上也许(我还不确定)对他来说特别重要——因为它被放在那张颇为气派的桌子的正中间(现在回想起来,那桌子摆放在那里就像是至圣所[1]中高高的祭坛),尽管我已经意识到自己对这件精美的艺术品有一丝反感,我还是问道,"那个象牙的——是什么?它明显是印度的东西。它很好看。"

他瞥了一眼那个迷人的物件然后说道:"它是我的一群印度学生送给我的",又补充道,"总的来说,在我教过的所有学生里,印度学生对我教学的反应最令我不满意。"关于印度,关于他的印度学生,就是这样了。这件东方风情的、充满热情但同时冷酷抽象的艺术品并不是他的最爱。他选择了另外一样东西。桌子上的诸神(或者说诸物)对称排列,半圆形中靠近我的这一端有一处空缺。从空缺的面积来看,那是一样很小的物体。"这件是我的最爱。"他说。他把那件东西递给了我。我把它拿在手里。那是一座小小的铜像,戴着头盔,穿着到脚的长袍,腰部系着饰裙,一只手伸出来,像是在拿着一根手杖或者长棍。"她很完

---

[1] 至圣所(Holy of Holies)是犹太教中圣殿最内层的位置,被认为是耶和华的住所。

美，"他说，"只是她失去了她的长矛。"我什么也没说。他知道我深爱着希腊，深爱着赫拉斯。我站在那里看着帕拉斯·雅典娜。她有双翼时是胜利女神尼刻，在之前她是无翼的尼刻，在你爬上雅典卫城通向山门的台阶时，她就站在你右边的小神殿里。他告诉我，他也爬过那些台阶，为了一览希腊的华美壮观。神殿中的她被称为无翼的胜利女神，因为胜利永远不能，也永远不会从雅典飞走。

52

她失去了她的长矛。他就好像在说希腊语似的。他讲话时的优美语调简直能把那些英语短语和句子从它们原本的语境中（从相关联的语境中，或者说，从整个英语的语境中）抽离出来，因此，尽管他的英语没有明显的口音，我却有一种他在讲外语的错觉。他那如同歌唱一般的音调和音质微妙地渗透了他口中词汇的纹理，它们从此进入另外一个维度，染上了另外一种颜色，就好像他把被俗套地织就的灰色的思想之网浸入缸中，连同被俗套地表述的思想一起，自己酿造了一番——或者说，他从语言那单调、陈旧、褪色的网状织物上扯下一缕思绪，随后把它扔进自己心灵中那口冒着气泡的坩埚，染成蓝色或者猩红，一种区别于灰色的全新颜色。一块思想的碎片，甚至是被丢弃的破布，在这以后也会再次成为一面旗帜、一条标准、一个标志，它将指示方向，或者在杆子上高高飘扬，引领一支军队。

另外，当他说"她很完美"时，他不仅是指这个小小的青铜雕像是一个完美的象征符号——它被做成了人形（碰巧是一个女人的形象），作为一个抽象念头的投射而受到崇拜。这个抽象的念头是帕拉斯·雅典娜，她的诞生没有人类母亲甚至神祇母亲的参与。她从她的父亲（我们的父亲，宙斯，或者说神）的头颅中全副武装地蹦了出来；他的意思还包含，你手里拿着的这一小块金属（看看它呀）确实是无价的，是完美的、珍贵的，来自希腊艺术的巅峰时期，即古典时期，那时希腊艺术的表达方式最为求实，繁复的装饰和华丽的细节尚未喧宾夺主。它是希腊艺术的一个完美样本，在它诞生的时候，古老的抽象艺术正渐渐染上人性光辉，而且尚未过头。

"她很完美。"他说。他的意思是，这个铜像来自公认的古典时期，伯里克利时代或者恰好是前伯里克利时代；他想说，铜像上没有任何划痕和瑕疵，金属表面没有凹痕和污点，饰裙上的褶皱没有被磨损和侵蚀。在说这句话时，他是热心的艺术爱好者，也是艺术收藏家。他的话的确具有双重意义。他在谈论它的价值——那件艺术品真实的内在价值；就像一个犹太人那样，他在估计它的价值；亚伯拉罕、以撒和雅各的血液流淌在他身上。他懂得物质的价值,或者可以说,他对于哪"一磅肉"[1]属于自己十分清楚,但是,他的这一磅肉其实是我们之间的一磅灵魂,是某种有形的东西,等待被测量和称重,等待被放上天平,然后——祈求上帝——千万不要缺斤少两!

---

[1] "一磅肉"(pound of flesh),典出莎士比亚《威尼斯商人》。犹太商人夏洛克为了报复威尼斯商人安东尼奥,与其立下"割一磅肉"的契约。"一磅肉"后来就用来指债务、贷款、在法律上属于某人的财产等等。

53

他曾说，曾大胆宣布，梦具有解读的价值。并且，具有解读价值的不仅仅是法老和法老侍从的梦、以色列那个最受宠爱的孩子的梦、约瑟的梦、雅各关于天梯的梦、意大利库迈的女先知的梦、古希腊德尔斐女祭司的梦，还有普天之下每一个人的梦。他大胆宣布，梦来自人类意识最深处那片未经探索的领域。这片领域就像地下的一股巨大溪流或一片大海，而从约瑟的时代直到如今，其广度和深度始终如一。它从我们小小的意识中洋溢而出，有时带来灵感、疯狂和创造力，有时则带来精神震荡和精神疾病的可怖症状。他大胆宣布，全人类的意识深处是同一片深海。另外，虽然没有大篇幅的阐述，他也曾大胆暗示，全人类在意识深处的海洋中归为同一；分属于各个国家、种族的人们，最终都会在共通的梦的世界中相遇；他还大胆宣布，我们可以诠释梦的符号；梦的语言、意象对于全人类来说是共通的——不仅仅是活着的人，还包括千万年来的死者。梦中的图形文字、象形文字，是全人类共同的财富；在梦中，人类仿佛回到时间之初，说着共同的语言，对无意识或潜意识有着共同的理解，他们能够跨越时间与空间的障碍；人，拥有理解力的人，将会拯救人类。

54

犹太人对于分辨出一般中的特殊、客观或普遍中的个别、抽象中的质料具有一种独特的直觉。带着这种直觉，他大胆投身未被探索的深渊。首先是他自己的无意识或潜意识存在。他打捞自己的梦作为理论样本，将其作为重大发现公诸于世。他的发现基于事实，有因有果，有头有尾。他常常能从最为琐碎的梦的序列中解读出投射它们的强大而深刻的印象。他从做梦之前的那个白天——他称之为"做梦当天"——中挑出事件，从混乱和缠绕的生活日常事件中抽出那根特殊的线——它曾被持续织进心灵实体，织进深埋的、沉睡的心灵，织进潜意识或无意识心灵中。那根线很快被认定为模式的一部分，醒时生活中一些普通、复杂或私密的事情的一部分。有时，就在它们被认出的时候——在展露出其明亮或黯淡的梦之实质的时候，它们旋即消失。沉睡的心灵并非一个整体，它的一部分是醒着的。

在最意想不到的时刻,一部分无意识会变成意识,而当我们做梦时,这一部分心灵——被他称为"检查者"——为观察者设下陷阱或骗局,或关上梦的大门,或拆散由梦的序列编织好的挂毯。它是地下世界的"守卫者",就像地狱之犬刻耳柏洛斯[1]。

---

[1] 刻耳柏洛斯(Cerberus),希腊神话中的三头狗,把守着冥府的门。

55

对梦的研究既如天堂也如地狱。他不仅亲自体验了天堂与地狱的滋味,还带上了第一批被他的著作轻微撼动并激起强烈好奇心的读者与他一起。他没有放过自己,没有放过后来越来越广的受众,但放过了其他人。他会中断一段最为引人入胜的关于梦的叙述,然后解释说,一些他自己并不关心的私事在这里搅了进来。认识你自己,这道德尔斐神谕其实颇具反讽意味。构思这句话的那位智者或者祭司清楚,完全地认识自己就是要认识所有人。认识你自己,教授说道,然后一次次投入其中,直到收集到那些令人钦佩的著作中自我揭露的材料。然而,认识你自己这一阐述知识的方式不仅遭到世界各地的高级医师、心理学家、科学家和其他公认的知识分子暴风雨般的谩骂,甚至还使他的名字被文盲挂在嘴边,沦为不礼貌的笑话、通用的调侃。

56

也许他会被那些笑话逗笑吧，我不知道。他优美的嘴唇似乎总在微笑，尽管眼中不露笑意。他两只眼睛稍微有点不对称，眼窝深陷在饱满的前额（深深的抬头纹像是用凿子刻上去的一般）之下。他的双眼没有向我传达任何信息，我甚至看不出其中是否透露着悲哀。如果是在忧虑不安的时刻——比如我去拜访他的那天，维也纳的所有房屋门窗紧闭，街道上也空无一人——我们偶尔会陷入沉默，在觉察我内心不堪忍受的焦虑和紧张时，他会用一种颇为老派的亲切问候来打破我们之间的这种魔咒。他会问我一些问题：最近读了些什么书？有没有在他小姨子推荐的那个图书馆里找到我想要的那几本书？当然，如果我在任何时候想读他的任何书都可以找他借；我是否有再收到布赖尔或我女儿的什么消息？最近有收到美国那边的消息吗？

我会把我手中的沙漏倒过来放在桌上，让他几乎流失殆尽的生命像沙漏一样倒转过来，让他再次拥有逝去的时间。或者我会悄悄溜进一扇秘密的门——只有我有权这么做——然后向那个仁慈的存在真诚地恳求。（这事只有我能做，因为我的天赋必然与他人不同。）我愿意把我余下的寿命转赠给他；或许即便如此他的寿命还是会比我期望中要短，但至少会带来些许不同。没准我的沙漏里还剩下二三十年呢。"看呀，"我会向那个仁慈的存在恳求，"你架子上的那两个沙漏——只要稍微调整一下它们就好了。用H. D. 来替换西格蒙德·弗洛伊德吧（即便这样，我还尚有几年时间去了结我那些不甚重要的事务）。这个请求并不过分，对你来说轻而易举。有人在戏剧中做过这样的事，或者提出这样的要求。那是一部希腊戏剧，不是吗？一个女人——我已记不起她的名字——提出要用她余下的寿命——跟某人交换——什么东西。是哪一部戏剧来着？我记得，剧中有赫拉克勒斯[1]与死神的搏斗。这出戏是叫《阿尔刻提斯》[2]吗？我不确定。当然，作者一定是那三个人之一——他们的雕像被放在教授的柜子上面，就在通往内室

1　赫拉克勒斯（Herakles），希腊神话中的半神英雄。
2　在希腊神话中，阿尔刻提斯（Alcestis）为了救自己的丈夫，自愿代丈夫就死。赫拉克勒斯听说后去冥府打败了死神，救回了阿尔刻提斯。欧里庇得斯（Euripides）著有同名戏剧。

的敞开着的双扉门的右边。埃斯库罗斯?索福克勒斯?欧里庇得斯?其中谁是《阿尔刻提斯》的作者?其实作者是谁并不重要,因为这出戏正在上演——无论如何,老教授与我就正在戏中。老教授同时扮演了两个角色。他是与死神搏斗的赫拉克勒斯,也是那位将死的被爱之人。此外,他还以自己的方式复活了死者,从活人的坟墓中召唤出许多亡人和垂死的孩童。"

57

有一天我对他说,时间过得太快了(他是否也有这种感觉?),他摆出一副半开玩笑的姿态,伸出手臂,颇具讽刺意味地,好像在与什么无形的存在,与一位假想的观众对话。"时间。"他说道。他用他独有的模棱两可的语气吐出了这个词,似乎十分蔑视这个抽象的事物,把一系列相互矛盾的感情——反讽、恳求、轻蔑,还有一种模糊而温柔的感伤——托付给它。这个词已经严重超载,好像随时可能爆炸。(从某种意义上说,他说出的许多词后来的确"爆炸"了。它们确实炸毁监牢,炸开无用的堤坝并导致山体滑坡——但同时发现了藏有珍宝的矿井。)"时间,"他又一次说道,这一次更加平静,"时间奔着走。"

"时间是奔着走的。"[1]我很好奇,他是否知道自己正在引用莎士比亚?尽管将罗瑟琳关于时间的连珠妙语一字不差地用在当下似乎并不合适。"对于谁来说时间是奔着走的?"奥兰多问道。罗瑟琳回答说:"对于一个上绞架的贼子;因为虽然他尽力放慢脚步,他还是觉得到得太快了。"不过,如果放眼更大的戏剧传统,他的确是位贼子——就像普罗米修斯那样,他从天上盗来了火。

---

[1] 出自莎士比亚《皆大欢喜》(*As You Like It*, 1598—1600)第三幕第二场。相关译文引自朱生豪译本(《莎士比亚全集》第三卷,北京:中国文史出版社,2013年)。

58

小偷，住手！一旦他开始挖掘深埋的宝藏（他将此称为"钻取石油"），便没有什么能阻止他。不管怎么说，难道这不属于他吗？这不就是他的发现吗？但是，小偷，住手！他们叫嚣着，甚至做出了更为恶劣的行径。不经意间，他发现了藏宝的洞穴，打开了金库，拆掉了好几代人精心布置的障碍，发现了他们隐藏的动机、秘密的野心和压抑的欲望。小偷，住手！然而，你不得不承认，他得到的宝藏，那些他看来会珍视的启示，都是些可怜的物什，是实在的垃圾，连拾荒者都懒得去捡，就像堆放在阁楼中的旧物，被人收起、永远遗忘。它们无比笨重，难以移动，因此也没人愿意费工夫把它们砍上一砍，好当作烧火的木柴；而且，如果你想移动其中一个笨重的念头，整车垃圾都可能倾泻下来，它在那儿已经太久，几乎已经化为生命殿堂中墙壁和阁楼天花板的一部分。小偷，住手！但究竟为什么要他住手?他所谓的"发现"明显荒诞不经。对于一个上绞架的贼子来说……时间是奔着走的。只要给一个人足够长的绳子——我们曾听过这个说法——他就会上吊的![1]

---

[1] "Give a man enough rope and he will hang himself." 谚语,意为只要给某人一个犯错的机会(给他一根足够长的绳子),他便会去做的(他就会上吊的)。

59

这次爆发令教授有些惊讶。他没料到,那些趾高气扬、超然物外的医师和科学从业者会对他的研究如此愤怒——毕竟,他有理有据地完善了抽象理论的一个分支,并可以为医学所用。他曾在巴黎与大名鼎鼎的沙尔科医生[1]共事,在教授那篇短短的《自传研究》(*Autobiographical Study*)中,我们还可以读到其他几个收录在教授的历史记录中的名字。他写到了另外几位给他灵感的医生和著名专家,将荣誉公正地分给了布罗伊尔[2](或者其他人),肯定了自己发

---

[1] 让-马丁·沙尔科(Jean-Martin Charcot,1825—1893),法国神经学家,大大推动了神经学和心理学领域的发展。
[2] 约瑟夫·布罗伊尔(Josef Breuer,1842—1925),奥地利心理医生,与弗洛伊德合著《癔症研究》(*Studies On Hysteria*,1895)。

现（被认为是柯勒[1]所发现的）可卡因之麻醉功效的功劳。有一次，我询问精神分析学家瓦尔特·施密德伯格，教授是何时及如何偶然发现某种情况下自大狂的神经状态异常与他们童年和少年时期的幻想有关的。施密德伯格给我的回复正确而老套，他说，弗洛伊德从来不会"偶然发现"任何东西。是吗？我说。然而施密德伯格先生继续重复同一套说辞：当然，我理应知道，教授的整个工作成果都建立在准确的科学观察和资料的积累之上。这不是我想问的。我想知道，教授究竟是在哪一刻，在怎样的情境下灵感乍现——它"咔哒"一声，一触即发，在弗洛伊德的心灵、内心和灵魂深处发出呐喊：这就是了。

但事情并非如此。又或者的确如此？至少我们可以尽情畅想。我们可以想象、重建，甚至就像看戏剧或电影那样看见所有人物和他们身后的特定布景。那是1885年的巴黎，沙尔科医生在着手研究分界线这边的癔症与神经症。这条模糊不清的界线至关重要；界线这边是癔症和神经症，那边则是真正的精神病。二者之间隔着一道鸿沟，一片未经开发的荒地，一片无人区。不过至少，人们已经承认那

---

[1] 卡尔·柯勒（Karl Koller，1857—1944），奥地利麻醉师，弗洛伊德在维也纳综合医院工作时的同事。他在弗洛伊德的建议下开始研究可卡因的医疗作用，根据其成果，可卡因也成为了最早的局部麻醉药。

里的确有一片无人区；至少一些在不久之前还被隔离为精神病人的患者，现在被确诊为癌症从而得到了更加温和的治疗。医学知识已经取得巨大进步。毕竟，在这座城市里还有许多老人对昔日亲眼目睹的事情记忆犹新——从前，精神病院里的"囚犯"都身负铁链，像野兽一样被拴在墙上、铁栏杆上或者木桩上。在城市的假日游览路线中，市民甚至可以在规定时间内前去参观那些"野兽"。多亏了上一代科学家与医生在人道主义上的努力，这些事情虽然过去不久，却已彻底成为历史。他们的确已经取得极大进步。事实上，我们的教授可能已经去过那个为"现代"奠基的地方。巴黎？他是位异乡人。1870年发生的事情他不曾遗忘。他在学生时代便见识过群狼露出的獠牙。他写到自己早年在维也纳大学的学习时光："我尤其发觉，因为我是犹太人，别人便默认我应当自觉低人一等，属于异类。"他补充道："我下定决心，拒不低人一等。"但在巴黎，还有另一些低人一等的异类——他们离群索居，虽然没有被铁链锁住，但仍旧（在更人性化的条件下）被隔离，被隔开。我们可以推断出，他们住在小小的房间里，或者监狱的格子间，门窗上都装着护栏。不过，这已经比从前进步许多。他们同样"拒不"认为自己低人一等，偏要出人头地。这些都是特例，除此之外在萨伯特慈善医院，仍然有许多病患正在接受观察。沙尔科密切观察着癔症案例，年轻的弗洛伊德埋头做研究。然而，还有一些事情医生与观察员懒得记录，它们被认为过于轻微，但其实值得深思。他记录了，一些病患的临床表现——他们会做出一套没有明显关联的不连贯动作——其实遵循着一定的顺序，具有一定的模式，与人在回忆朦胧的梦时那种断裂的事件顺序类似。梦？当时他是否已经知道，梦是日常生活的投射或暗示？梦与疯狂是否就像一个硬币的两面，或者说疯狂其实是一种醒着的梦吗？有时其中有一种古怪的悲剧元素，它并不总是完全来自身体的或污秽的物质层面。毫无疑问，这是地狱。但是，时不时地，这些地狱的居民会莫名令他想起一些记得的东西，一些曾经读到的东西：旧时的老国王，被战争摧残的妇女，被奴役的、畸形的孩童。

一些格子间的前面立着护栏（这幅场景完全由我们的直觉想象搭起），这些牢笼如同戏剧中的布景。"恺撒"在那儿大摇大摆地踱来踱去。"汉尼拔"走了过来——汉尼拔？为什么是汉尼拔？教授小时候曾十分崇拜汉尼拔[1]，幻

---

[1] 弗洛伊德在《梦的解析》第五章中写到自己小时候对汉尼拔将军的崇拜。"汉尼拔一直是我中学时代的偶像……我意识到自己身为犹太人，常受班上德国同学的歧视……使我都在心中对这位闪族英雄人物加深了倾慕。在我年轻的脑海里，汉尼拔与罗马的战斗正象征着犹太教与天主教组织之间冥顽不休的冲突……"（《梦的解析》，丹宁译，北京：国际文化出版公司，2002年。）

想自己是征服世界的人。不过,大概每个男孩都曾幻想自己穿盔戴甲,手持宝剑,招摇过市。每个男孩?面前的这个男人,这位恺撒将古罗马罩袍甩过手臂,摆出一副令人信服的姿态。或许,他只是想实现自己的童年幻想。如果教授能在一个更加合适的环境中对病人进行检查——但是,病人大声喊着"et tu Brute"[1],一有人试图亲近便表现出暴力倾向,如果教授能早几年来诊治这位恺撒(他也曾是位成功人士)——那么或许还能从他身上套出他"恺撒狂热"的秘密。现在他的心灵已经阴云密布。不过,他身上尚未出现组织败坏,或者其他什么预示着最终必定会精神失常的病理信号。恺撒?汉尼拔?二人都是杰出的历史人物。真的是他们导致了这种固恋[2](一个在这一因果关系上还没被引入的概念)吗?病人正在扮演一个角色,恺撒。恺撒?教授自己在小时候也做过类似的事情,他扮演过汉尼拔。但那真的是汉尼拔吗?那真的是恺撒吗?真的是吗——?嗯,是的——可能是的——多么奇怪。是的——完全可能!也许他正在模仿他的父亲——对于孩子来说,家庭是

---

[1] 法语骂人话,大意为"你这个畜生"。
[2] 固恋(fixation),由弗洛伊德提出的一个心理学概念。指在心理-性发育过程中,个体的力比多或内驱力部分地停留于某一较早的发育阶段,不随年龄增长而发展的现象。

他的王国，是他的全部世界，诚然，很渺小，但有着举世般的重要性；而父亲便是手握大权的恺撒，是征服者，是国王、沙皇和皇帝。父亲母亲、兄弟姐妹是一个孩子的整个世界。上学之后，学校里会有来自其他"王国"的朋友们。一切真相大白。但是，他为什么要在现在扮演恺撒？是什么引他至此？在病人身体甚至精神状况表现的记录中，一定有什么被遗漏了。在他崩溃的背后，一定有什么东西在此前未能引起注意。在萨伯特慈善医院，还有一些——即使不是全部——案例与此类似。在如今得到全面发展的医学背后，一定还有什么东西未被察觉——一定还可以挖得更深——一定有什么东西能揭示出这些被美化了的人格状态以及其他状况背后的秘密。一定还有什么东西……为什么，汉尼拔！恺撒被关在护栏后面——我，汉尼拔，西格蒙德·弗洛伊德，在护栏的另外一边观察着恺撒的一举一动。但是，恺撒才是征服者——不是吗？——我来，我见，我征服——是的，我将征服，我会的。我，汉尼拔，而不是恺撒。我，受人鄙视的迦太基人；我，罗马人的敌人。我，汉尼拔。所以，你看，我，西格蒙德·弗洛伊德，站在这里，受人爱戴，天赋异禀。承认吧，我师从沙尔科医生，显然无论如何都不会精神错乱或从根本上偏离正轨，忠实于自己的运行轨道——忠实于自己的运行轨道？忠实于自己的运行轨道，我，西格蒙德·弗洛伊德，能够用我童年时对迦太基人汉尼拔（犹太人，而非罗马人）的幻想与认同来理解这位恺撒。我，汉尼拔！

我们还应留心恺撒的妻子（如果我们继续建构这一纯粹想象中的因果序列）。目前，这位特别的女士还不是这家特殊机构的门诊病人。但恐怕不久以后，她就会是的。在其他人走光了之后，她还久久徘徊在等候室里。她总是请求与医生和院长面谈，妨碍着大家的工作。而这几乎已经成为该机构的特点：院长特地嘱咐下属，不要放任何人进来打扰自己。他不得不拒绝了她上次提出的面谈请求。这位著名专家总是加班加点地工作，到处都有事务在等着他，必须不惜一切代价来避免私人纠葛。私人纠葛？但这位得体的女士如果有任何如此意图的影迹，她自己将会第一个表达谴责。但"私人纠葛"不正描述了她所面临的困境吗？她深爱着丈夫，分居令她不堪忍受，几乎已经到了崩溃的边缘。在这种悲惨的境况下，陷入崩溃是十分自然的，不是吗？但是，她那被压抑的神经症症状——症状——她那与丈夫分离的痛苦（他们结婚多年，彼此相爱）可能会导致严重后果——最终，她的整个神经系统都会失灵，心灵中原本微妙维持的平衡也会打破。难怪她已经在忧虑的重压下显得憔悴不堪，可怜的女士，应该有人留心她才对。但她甚至还不是门诊病人，而病人的私事（他的家庭、他的妻子）不关他们的事。私事？恺撒的妻子？是的，她是恺撒的妻子，这显然不容置疑。她是一个传统的女人，却也是一个世俗的女人。这种事情已经不是第一次发生了。他的想法将带他前往何方？这里还有过其他病例——有一个女孩在听说她久别的丈夫可能会从阿尔及尔回来之后心情大好，病情极大好转，以至于沙尔科医生在查诊中建议她暂时离开医院。据说，她在回到丈夫身边之后健康状况有所改善。但如果丈夫再次远行，她的症状是否还会出现？

60

以上显然不是对教授创立新的心理学研究分支,和那种被称为"精神分析"的全新治疗方法之初的历史记述。任何一位认真的学生都能在弗洛伊德教授的学术著作中读到他研究工作的真实进展。但是在我看来,一个主旋律的展开一定伴随着某种内在的推想过程。一个主旋律?不知为什么,我写下了这个词。在我看来,它似乎与音乐有关——是的,音乐术语似乎确实能够描述教授近乎直觉的推想过程,这一过程既奇特又创新。因为时常对前辈和上级的诊断感到不满,这位年轻的维也纳医生将他最初的惊人发现进行推想,将其发展、衍生、简化。这不仅仅是因为年轻的西格蒙德·弗洛伊德聪明敏锐、有条不紊、勤勉认真、头脑灵活、聪明伶俐、有独创性——尽管他的确具有以上所有优点,也不仅仅是因为他来自一个崇尚学习的种族,而且(像阿拉伯人一样)屡遭迫害,在不断壮大的毁灭之力的阴翳下，面对种族分裂的威胁，于人文学科和应用艺术似乎无力抗衡之际（就像现在一样），仍然保持着对医学、数学、特定形式的抽象哲学和诗歌的独特感觉。他遗世独立，可以说非常骄傲，尽管天性十分和蔼可亲，举止彬彬有礼，才思敏捷且诙谐有趣；他很好相处，可以在任何时候与任何人愉快地谈论任何话题。但是，他到底有什么特别之处？他的外表、习惯和生活方式都很传统，就连他的宿敌也无法挑出他私生活的任何毛病，可以说他严格地坚持着正道，极为正统。

重要的是，尽管他的独创能力令人惊叹，他的原料却是从人类意识的最深处汲取的。成百上千年的想法（随意、懒散、甚至错误和邪恶的想法）如岩石一般层层积压，几乎将最初的泉眼和井口彻底封住。他将自己的行为称为"钻取石油"。其实在很久以前，还有其他人找到过这眼泉水，那时人们将其称为"活水之井"[1]，或者简单地称为"静水"[2]。教授却把他的灵感源泉比作石油——一个现代商业的象征符号，这个比喻收束了抽象概念，让它变得具体。他选择了一个普普通通、平淡无奇的符号，尽管他显然在谈

---

1 "活水之井"（a well of living water），见《新约·约翰福音》4:13—15。
2 "静水"（still waters），见《旧约·诗篇》23:1—6。

论一个模糊而广泛的抽象概念。这也让人想到华尔街会计们会使用的一句习语或俚语——"如果我们能挖到石油[1]"或者"某某老家伙又挖到石油了"。"石油"这一具体而明确的形象,在商人的心中代表着好运与成功。"我挖到了石油,但是井里剩下的石油足够用上五十年、一百年甚至更长时间。"很难想象教授会这样严肃地说:"我获得了以色列和《诗篇》作者的伟大灵感的继承权,从中获取养分。也许有的人会叫我耶利米[2]。我偶然发现了活水之井,生命之河。里面的流水要么清澈,要么浑浊。倒下的木头、一些已经石化了的东西以及正在腐烂的树叶和树枝堵住了水流。我看清了河道和流向,于是亲手清理掉了一些垃圾,以便至少一小段河水能够保持清澈。还有许多事情要做——全部做完可能需要一百年甚至更长时间——以使得后来的所有人、所有民族可以聚在一起,并最终达成理解……"不,这不是教授的说话方式。"我挖到了石油"让人想起工商企业。我们眼前浮现出粗陋的柱子和骨架一样的钢笼,像尚未完工的埃菲尔铁塔一般。我有理由相信,许多人把精神

---

[1] "挖到石油"(strike oil),美国俚语,指一个人发了财、有好运气、飞黄腾达。
[2] 耶利米(Jeremiah),《圣经》中犹大国灭国前最黑暗的时期中的一位先知,也被称为"流泪的先知"。

分析的方法和体系看作一个笼子，借助这样一些名词，想象一个在干旱沙漠中搭建起来的机械结构，一个用来诱捕粗心者的工具。就算考虑到"石油"，他们也只相信"石油"会滚滚流向别人，有许多精明的医生会通过冗长而又昂贵的治疗来"把你榨干"。他们认为，它已老旧过时，最多只能算一个令人厌倦的话题，没什么好研究。的确，在第一次世界大战过后，它在年轻知识分子中间还算时髦，但后来这批人都变得沉闷乏味，到了最后，有谁听说过他们中的任何一个吗？

61

确实令人厌倦！对于大多数人来说，埃斯库罗斯也令人厌倦，索福克勒斯和柏拉图亦然。还有那个啰啰嗦嗦的老头苏格拉底，他更令人厌倦。苏格拉底的反诘法？倒不如说是一种在智力竞赛中挑逗对手的行为，几乎就像一位用针来刺人的击剑手——不是吗？——或者说，除非对手已经在初步交手中死在智力的刀锋下，为了战斗可以光明正大地进行，为了辩论出问题的结果，他们抛出一个又一个剑尖似的反问。在教授的精神分析疗法中也有一些与此类似的东西，但二者之间还是有一处明显区别，即问题必须由参与者自己提出。在给出回答之前，他必须先亲自找到问题的埋藏地点，并将它从中挖出。

62

在他的生命之河畅通无阻地流入人类的大河，从而汇入超人的完美之海——苏格拉底和柏拉图将其称为"绝对"——之前，他必须先将自己的垃圾清除干净。

63

但是,今天我们正置身于一座废墟般的城市、一个已损毁的世界。看上去几乎一切都已无法救赎。我们不能继续逃避现实——无论是躲进绿色的牧场,还是阴凉的学术壁龛。就算无数城市沦为废墟,就算世界面临着毁灭的威胁,那些牧场和花园依旧存在。我们还没准备好去讨论"绝对"——绝对的美、绝对的真理、绝对的善。我们曾在牧场休息,在静水边漫步,我们曾闻到远处树篱外桃金娘的芬芳,嗅到树林之中开花的香橼。你可认识那地方?[1]哦,是的,教授,我对它十分熟悉。但是我记得你对我下的禁令。我在想我那位同学,你对我说,我接替了他的位置。我的战友,飞翔的荷兰人。他才智过人,拥有东方的岛屿

---

[1] 出自歌德《威廉·麦斯特的学习时代》第三部第一章,迷娘(Mignon)所唱的三首歌曲之一。相关译文引自冯至、姚可崑译本(《歌德文集》第二卷,北京:人民文学出版社,1999年)。部分表述因应文意调整。

和种植园，受过西式身心训练，但他却终究飞得太高，飞得太快。

64

教授正在非常严肃地对我讲话。这是在我初到维也纳,在那儿开展第一轮分析的几周之后。我们在他的书房里。"我对你只有一个要求。"他对我说道。就在写下这句话时,我感到了一阵和当时一模一样的焦虑、紧张和紧迫的责任感。他到底会说些什么?他会要求我做什么?或者禁止我做什么?更可能是关于什么不可做而不是关于具体行为或做法的要求。他的态度严肃而亲切。然而,尽管如此,又或正因如此,我还是觉得自己仿佛回到了孩童时代,被父亲叫去书房,被母亲叫去缝纫室,或者被老师要求课后留堂,在其他人走光了之后,就为了单独对我说"只言片语"。小偷,住手!我做了什么?我可能会做什么?"孩子们,我对你们只有一个要求"——我母亲就是这么说的。

65

教授站在书房里。他对我只有一个要求。我的预感很对，那是关于什么不可做。他在对我提出要求，向我吐露心声，待我彬彬有礼、细致入微，将我当作智识上平等的谈话对象。不过，他对这个要求非常执着，而且耐心地为我解释。当他偶尔介绍自己的一些罕见，或者宝贵的发现时，他总是会漫不经心地说"当然，你明白……"或者"或许你对此有不同的感觉"，就好像我的感觉和发现能与他自己的相提并论。他从不发号施令，就只有这么一次，只有这么一条律令要我遵守。他说："请你永远——在任何时候，任何情况下——都不要在听到诋毁我和我的研究的辱骂性言论时试图为我辩护。"

他仔细地向我解释，就像在上一节几何学课，或者在演示病毒的致病过程。此刻，他向我指出（仿佛我们面前的墙壁上钉着一张热病患者的图表），只要我稍微表现出要为他辩护的意思,那些攻击者便会越发懊恼和愤怒。有逻辑的辩论无法说服恶意诋毁之人,这是错误的,只会加深他们心中的仇恨、恐惧和偏见。这对辩护者也没有好处,因为这只会暴露你自己的感受——我默认你对我的发现深有感触,否则你可能就不会在这里了。这对我和我的研究也不会有任何好处,因为敌意的种子一旦种下,就无法在地表将其根除,而且激烈的争执只会让其愈发枝繁叶茂、根深蒂固。我们只能从内部,从深处拔出那些已经扎根的恐惧与偏见。这种带着恐惧和偏见的心灵自然会对任何与精神分析有关的东西(精神分析疗法,甚至精神分析学和相关研究)都避而远之,你甚至无法找到问题的根源在哪里。对于已有偏见的人来说,每一句为我辩护的话都只会加深他们的偏见。只有被无视时,攻击者才会放下他的愤怒——甚至,不久之后,他的无意识就会为他找到另外一个用来泄愤的对象……

这就是那件事的要点。在与我对话时,他很少使用如今已经泛滥了的那些专业术语——由他自己发明,后来被国际精神分析协会中越来越多的医生、心理学家和神经专家所阐述。正是这些人组成了国际精神分析协会这个多少令人生畏的机构。有一次,在努力阐述一个令我纠结的问题时,我问:"或许你会把这说成是一种ambivalence(矛盾心理)?"他没有回答，我又说："或者，应该说am-bi-valence？我不知道这个词该念作ambi-valence还是am-bi-valence。"教授猛地伸出手臂，摆出他想要强调什么或者让我集中注意力思考什么时的那副姿势。他的回答不同以往地随意，带点反讽意味："你知道吗，我也一直不清楚。我常常希望能找到一个人来为我解释这些。"

66

还有许多事情尚待解释，但时间不多了。比如我那蛇与蓟的主题——我差点写成主旋律。它当然是一个标志、一个象征——一定是的——但就算我能在另一个房间的架子角落里那一把旧戒指中找到一枚与巴黎卢浮宫里的一模一样的图章戒指，也不能证明任何东西，而且很可能在我们讨论或重建因果关系时把我们带得太远了。当然，我们确实可能由此在梦境或联想和记忆里揭示出的无意识中找到无价之宝，但这么做也会让我们偏离手头的问题。我的蛇与蓟——它让我想起什么？没错，我想起了亚伦之杖[1]，它在被亚伦丢在地上之后变成了一条蛇[2]。蛇？如果我没搞错的话，亚伦之杖原本就是摩西之杖。芦苇丛中的摩西曾在

---

[1] 亚伦是摩西的哥哥，亚伦之杖是一根行使耶和华神迹（变蛇、开花、击石取水等等）的手杖，亚伦之杖开花预示着复活。
[2] 见《旧约·出埃及记》7:8—13。

"我们的"梦中,与"我们的"公主一起出现。上帝诅咒了那片土地,因为亚当和夏娃品尝了树上的禁果。从今往后,这片土地只能长出荆棘和蓟草——荆棘、蓟草,这两个词让人联想到同一个场景,贫瘠荒芜的荒原和沙漠。人们会采摘荆棘上长出的葡萄、蓟草上长出的无花果吗?这又是一个问题、一个问号、一个倒转的半S,而S——是图章(seal)、象征(symbol)、蛇(serpent)、印章(signet)、西格蒙德(Sigmund)的首字母。

67

"sigmund"——歌唱的声音；不，其实是"Siegmund"[1]——胜利的嘴，胜利的声音或者胜利的话语。墙上的胜利女神是我们的标志、我们的象形文字、我们的书写。在桌上摆成半圆的"诸神"（其他人读作"诸物"）之中有一座小小的胜利女神铜像，那是他的最爱。有胜利女神尼刻，也有无翼的尼刻——无翼的胜利女神，因为胜利永远不能，也永远不会从雅典飞走。雅典是一座建在山上的城市；山坡，山峦；伯格街（Berggasse）——"Berg"，山峦；"Gasse"，路、街、通道。科林斯式[2]柱顶上总有莨苕叶形装饰，不是吗？拉丁语中的"acanthus"和希腊语中的"akantha"都意为荆棘或芒刺。莨苕叶形图案像是装饰性象

---

[1] 德语中"Sieg"意为胜利，"Mund"意为嘴。
[2] 科林斯式（Corinthian），古希腊建筑风格，采用顶部雕刻叶饰的细圆柱。

形文字,一个非常经典的象征符号;我们已经知道,最终,荆棘可以被做成王冠。

68

我在我们那本缩略版古希腊语词典中查证"akantha"的含义。是的——它的词源是"aké",意为尖头、刀刃;指一种多刺的植物,蓟草;也指一种带刺的树。一种带刺的树。我们的草蓟是否象征着所有带刺的树?或许,它象征的是那棵异常多刺、与蛇为伴的善恶树。古往今来,蛇的形象多有不同。比如智慧之蛇在雅典娜女神脚下蜷伏,像她手中拿着的长矛一样("aké",尖头)成了她的特征——尽管我们无法确定,教授那座完美的小铜像手中曾经拿着的东西到底是否是一只长矛。它也可能是一根长杆或者手杖。

69

你的长杆与手杖。在英国，人们把美国的秋麒麟草——一种野花，往往在夏末田野间的每条小路和每片林地旁肆意生长——叫作"亚伦之杖"，把它们整整齐齐地种在花园里。秋麒麟草让我们想起金枝[1]；在希腊诗选中，墨勒阿革洛斯[2]将永远闪烁光芒的金枝献给了柏拉图[3]。一个冬日，教授把一条橙树枝送给了我。他解释说，他的儿子从法国南部寄来了一盒橙子（或者是某位刚从法国南部回到维也纳的熟人捎来的），盒中有几条带叶子的树枝。他觉得我可

---

[1] 秋麒麟草（goldenrod），金枝（Golden Bough）。
[2] 墨勒阿格尔（Meleager），公元前1世纪的叙利亚诗人，第一部希腊语诗集的编者。为了与希腊神话人物区别开来，他也被称为"加大拉的墨勒阿格尔"（Meleager of Gadara）。大约在公元前60年，他编纂了诗集《花冠》（*The Garland*），选入四十六位希腊诗人的作品，后人在此基础上不断续编希腊诗歌选集。
[3] 墨勒阿格尔在《花冠》的序诗中为每位希腊诗人对应了一种相适宜的花朵。

能会喜欢。我接过那条树枝。它本身就像一棵小树，上面还有一簇金色的果实。我向教授表达了谢意。至少，我喃喃了几句"多么可爱——多么迷人"或者别的什么客套话。他是否了解，他可曾了解，还是他从来不了解我在想些什么？还有一些话因为没来得及组织语言而终未说出口——或者，就算我有时间多说两句（而不仅仅只说那一句肤浅的"多么可爱——多么迷人"），我大概也无法相信自己会说出那些话。它们在那儿。它们在歌唱。它们唱啊唱啊，声音像贝壳里回声的回声，那么远又那么近。我的外耳就像贝壳，头骨也是螺旋状的贝壳结构，头骨内部蜷曲、复杂、寄居蟹似的软体动物是我的大脑。思想是事物——有时是歌曲。我不必回忆那些句子，因为不是我写的，另外一只生活在贝壳似的坚硬头骨里的软体动物向外投射了它们，还有一只歌唱着的头骨为之谱曲。还有我们在学校里唱的歌，配了另外一套歌词——不，不是舒曼写的，尽管它和舒曼的音乐一样优美。不过，那些句子本身便抑扬顿挫，如同歌唱一般，因此，就算我没能识别出它们的轻快"曲调"也没有关系。你可认识那地方？

70

Kennst du das Land, wo die Zitronen blühn?
你认识吗，那柠檬盛开的地方？[1]

经过漫长的等待，我终于能够回忆在维也纳的那些会面，而不带着难以承受的恐怖和无法抑制的心碎。于是，那些话语带着一种独特的新鲜与尖锐回来了。战争逐渐将我们包围，而我还没来得及整理、重温和重新集结自己在1914—1919年期间的一系列奇异的事件与梦。我想要挖下去，挖出来，连根拔除自己心中的杂草，巩固我的目标，重申我的信仰，疏导我的能量。于是，我抓住了与弗洛伊德教授本人合作的机会。这个机会对我来说是个意外，我从来不曾预想自己有朝一日能够与他接近。如果不是萨克

---

[1] 出自歌德《威廉·麦斯特的学习时代》第三部第一章。

斯医生主动建议，我甚至没有想过询问是否有这种可能性。我在柏林与汉斯·萨克斯医生有过几次有趣的初步谈话，我很希望能够继续这项工作，但当时他就要去美国了。萨克斯医生问我，如果教授愿意接收我的话，我是否会考虑与他一起工作？他愿意接收我吗？这个建议似乎让人非常难以置信，在我看来，弗洛伊德本人是不太可能考虑让我做他的分析对象或者学生的。但如果教授愿意接收我的话，我将不会考虑其他选择。我当然会去他那里。

71

我在前面已经说过,教授的解释太有启发性,或太令人沮丧。我的意思是,通过某种奇特的方式,我们找到了事物的根源,今天,我们挖了很深;通过另外一种更为奇特的方式,我们接近了至高真理的清水之源——它就像关于公主与河流的那场鲜活而真实的梦一样,来自一个通常被称为"超常"的领域;先觉者正是从这一领域的场景和画面中获得他们的"证明"(credentials)的——落笔之后,"证明"看上去是个奇怪的词,但它是"自动书写"(wrote itself)的结果。关于公主的画面来自一部有启发性的手稿中的一个精致、无尽的序列,它在这类书和手稿中占据一定的地位;也许你还记得,我在一开始便说过,梦就像我们遇到的人、读到的书那样各不相同。在幻想与想象的世界中,书与人融为一体。但尽管如此,我们还是能够尽可能恰当、准确地将梦与种种不同的幻想区分开来。有的梦最为琐碎，最为令人厌烦，它就像报纸——但即使在陈旧的报纸里，在琐碎、污秽、蹩脚的当日事件记录中也可能藏着少许永恒的真理，也可能引用了某位伟人的演讲，或者提到了某个英雄事迹。印刷出来的东西千差万别，有便宜的新闻纸印刷品，有好的印刷品，有坏的印刷品，也有污迹斑斑、凹凸不平的印刷品。印刷的文字也千差万别，有广告体大字，有几乎看不见的蝇头小字，还有儿童字母表和积木上巨大的大写字母。字母和伴随着它们的想法可能在书页上歪歪扭扭，可能没有意义，也可能遵循了某种刻板模式，不是为了给人阅读，而是一种测试——就像眼科医生办公室或者医院病床上方的墙上挂的那种图表，上面满是对称的字母，并不必然"拼写"什么。有一些梦与梦的序列如同沿着地图上的标线行进，或者呈现为一个锯齿状三角形，像碗上的一道裂缝，预示着碗或花瓶随时可能破碎。我们都知道，珍爱的玻璃黄油盘上出现的那条几乎看不见的细线预示着它会"在我体内破碎"，或迟或早——更可能是"早"。

所有形状、线条和图表组成了无意识的象形文字。教授第一个开启了对这片广阔的、未经探索的领域的研究。他本人——至少在我面前——十分反对过于严格地将想法固定在不变的象征符号上，或不由分说地把某种想法与某个符号焊接起来的做法。的确，是他首先开始破译或解码无意识思维中累积的大量材料；是他"挖到了石油"，但是，"石油"的应用——即"石油"可以或应该被加工成什么——不可能全部由最初的"发现者"管理或监督。他挖到了石油；毫无疑问，"里面有东西"；是的，他发现了一片有待勘探——唉——同时也将被剥削的广袤土地。我说过，教授桌上摆成半圆形的远古神像，就像立在至圣所中高高的祭坛上似的。诸神立在那里，每一个都象征着一个理念或者一个不朽的梦。一些人读作"诸物"。

72

愚拙的童女们与聪明的童女们拿着油灯[1]。你用油膏了我的头——那是助人领悟的油——并且,它的确使我的福杯满溢。[2]但它的目的是让我重建自己的意图和想法。我已经开始了自己的初步研究,以便强化自己,好以足够的能力去面对即将到来的战争。如果我受足了训练,具备适宜的能力,我或许能去帮助受到战争冲击、被战争摧毁的人们。然而,我甚至还无力面对自己在战争(1914—1919年)中遭受的实实在在的冲击。我与教授的合作才刚开始,下一场磨难的迹象和象征已经初显。所有我本想公开与之搏

---

[1] 见《新约·马太福音》25:1—13,"十童女"寓言是耶稣在受难前向信徒们讲的三个寓言故事之一。五个愚拙的童女与五个聪明的童女一起拿着油灯去迎接新郎。新郎来迟,聪明的童女备足了灯油,而愚拙的童女并未做足准备,最后被拒之门外。其最基本的寓意是,耶稣就像那位新郎一样随时可能归来,真诚的信徒必须时刻做好准备。
[2] 见《旧约·诗篇》23:5。

斗的东西——战争，它的因与果，它必然带来的精神崩溃以及相关的神经紊乱——都对我步步紧逼。在通向教授家的人行道上，我看到用粉笔画的带着骷髅头的万字符，这种时刻我必须保有尊严，尽可能地缓解自己的恐惧症，让心中那条小龙——我的战争恐惧——平静下来，我用我所能召唤或指挥的任何力量，命它回到自己的地下洞穴中去，至少暂时如此。

它在那儿咆哮着，不停地咬着自己的锁链，直到终于挣脱。彼时，那些原本不足凭信的恐惧——烈火、硫磺、旋风、洪水与暴风雨——通通席卷而来，《圣经》中审判日的场景和世界末日的号角声不再停留于抽象，不再是过于骇人因此无法想象的恐惧，而成为人们的日常生活，每天每夜、每时每刻都在发生，发生在我和我的朋友们身上，在伦敦每一位非凡的人、每一位单调无趣的普通人身上。

73

那位仁慈的存在（我原本要向他祈求）已经把老教授带走了。在爆破、轰炸和大火摧毁这座城市之前，他便走了。他化作一把灰，被安置于一个骨灰瓮中，或者被抛撒在伦敦郊外某个纪念花园的花草丛里。我想，那座花园的墙上一定有块大理石板，或者一定有只小盒子被放在花园小路旁的壁龛里。我甚至还不曾去过那里，去看上一眼那个熟悉的名字，或许名字下面会有一个日期。我也不曾沿着小路走上一阵，小路大概用修剪齐整的紫杉作篱，又或者是芬芳的灰绿色薰衣草。我不曾一边散步一边怀念教授，因为，我们的纪念花园设在别处。

> 你认识吗，那柠檬盛开的地方，
> 金橙在阴沉的叶里辉煌，
> 一缕熏风吹自蔚蓝的天空，

桃金娘寂静,桂树亭亭——
你可认识那地方?
到那里!到那里
啊,我的爱人,我要和你同去!

你认识吗,那白石为柱的楼阁,
广厦辉耀,洞房里灯光闪烁,
大理石向着我凝视:
可怜的孩子,人们怎样欺侮了你?——
你可认识那地方?
到那里!到那里
啊,我的守护者,我要和你同去!

你认识吗,那座山和它的云栈?
骡儿在雾中寻它的路线,
洞穴中伏藏着蛟龙的苗裔,
岩石欲坠,潮水打着岩石——
你可认识那地方?
到那里!到那里

是我们的途程,啊父亲,让我们同去![1]

---

[1] 出自歌德《威廉·麦斯特的学习时代》第三部第一章,为书中人物迷娘所唱的歌曲。

74

我说过,必须是由这些印象来引领我,而不是由我去引领这些印象。最初的印象将我带回起点,带回与教授的第一次会面。葆拉打开了门(当时我还不知道这位漂亮的维也纳小女仆叫葆拉)。她帮我脱下外套,对我说了几句欢迎的话,我却感到有点尴尬,因为当时我在用英语想着事情,无法对其他语言做出反应。她领我走进等候室,房间里的窗户上挂着蕾丝窗帘,墙上挂着一些名人的镶框照片,其中有几位与我有私交;哈夫洛克·霭理士医生和汉斯·萨克斯医生注视着我,经由玻璃的折射,他们熟悉的面容有点走样。还有那张我后来细细端详过的荣誉文凭,那是规模不大的新英格兰大学颁发给教授的,它看上去十分朴素,但明显受到主人珍视,被镶在相框里。还有一幅令人毛骨悚然的、精细的丢勒风格象征画,画的是"活埋"之类的主题。我在房间里等待着。我知道,西格蒙德·弗洛伊德教授会打开面向我的那扇门。尽管我已经知道了这一点，并且已经为此番考验做了几个月的准备，但当门被打开的时候，我还是吓了一跳、措手不及，甚至感到震惊。在一阵等待之后，他的出现对我来说显得太突然了。

我不自觉地走进那扇门。门关上了。西格蒙德·弗洛伊德没有说话，他在等我开口，而我什么也说不出来。我环顾四周。作为希腊艺术的爱好者，我不由自主地开始打量房间里的摆设。左右两侧的架子上陈列着众多迷人的无价之宝。有人向我介绍过教授、他的家庭和生活方式，我知道一些一般读者所不知道的个人轶事。我听说，崇拜者亲切地批评他，敌人严厉地指责他。我知道，他在大约五年前重疾复发，那是一种特别恶性的口腔癌或者舌癌，复发后他又动了一次手术，并奇迹般地康复了（维也纳的专家们也都十分惊讶）。说来奇怪，我们似乎都是因为某种目的而"奇迹般地获救"。但这只是一种感觉、一种氛围——是某种我能意识到或察觉到，却无法付诸思想或语言的东西。我就算当时意识到了这一点，也不会把这个想法说给他听。我当然知道，能够到教授这里来是一种莫大的荣幸。我之所以能来这里，是因为萨克斯医生向教授写信引荐了我。萨克斯医生常亲切地与我说起教授，有时他还会半开玩笑地说到"可怜的教授夫人"，但是从来没有人对我说过他的房间里摆满了珍宝。我即将与海中的那位老人见面，但谁也不曾告诉我，他拥有这么多从深海打捞出来的宝藏。

75

这里是他的家。他是这些珍宝的一部分。我远道而来，两手空空。他有自己的家庭，继承了从未中断的家族传统，家族历史可以追溯到罗马帝国的古老核心，乃至更远的那片圣地。

> 啊，普绪喀[1]，你来自圣地，
> 那片天国净土！[2]

他是一个无限古老的象征，用天平称量人们的灵魂——普绪喀。灵魂在穿过生命之门进入永恒殿堂之时，是否会向

---

[1] 普绪喀（Psyche），罗马神话中的灵魂女神。爱神厄洛斯（Eros）为普绪喀的美貌倾倒，最终娶她为妻。"Psyche"在希腊语中有灵魂之意，是"psychology"（心理学）一词的词根。
[2] 出自爱伦·坡《致海伦》第三节。

守门人问好？大概会的。我原以为，在门槛内等候的守门人会主动问候到访的颤抖灵魂。但教授没有。不过，在意识到我无话可说之后，教授开口了。他说——我觉得他有点黯然——"你是唯一一个进了这个房间后先看房间里的东西再看我的人。"

但更糟的还在后头。一只狮子似的小动物轻快地朝我跑来——事实上，是一只长得像狮子的小母狗。她要么是从内室里跑出来，要么是从沙发底下或者后面冒出来的，反正此刻正在地毯上跑动。我局促、害羞、不知所措，弯下腰来想跟这只小动物打个招呼，教授却说，"别碰她——她会咬人——她在陌生人面前很难对付。"陌生人？对于守门人来说，跨过门槛而来的灵魂是陌生人吗？似乎如此。但我虽然不是位公认的爱狗人士，却也挺喜欢它们的，而它们有时也会出乎意料地很"待见"我。就算她是一个例外，我也愿意承担这个风险。我没有被吓到，但对教授称得上冷峻的态度感到难过，于是不仅继续此前的手势，还顺势蹲在了地板上，如果她想攻击我，大可随意。约菲——她的名字叫约菲——用鼻子蹭了蹭我的手，然后温柔地用脑袋蹭了蹭我的肩膀。

76

因此，我又可以说，教授并不总是对的。的确，他的判断往往正确，但我的直觉会在瞬间发挥作用，有时甚至比他还要快上一毫秒（在精神世界中，一毫秒也能起到决定性作用）。在某些更依赖直觉的情况中，我的反应速度要更快一些。如果说他的判断力是伟大的、为所有人共享的知识之树的巨大主根，那么我的直觉便是细若发丝、几近无形的触须，有时一条小须根反而能在土里扎得更深。它能颤动地发出警告，或为我解决问题。比如，在听到"陌生人"一词之后，我无形的直觉须根发出反驳的声音："我们要让他瞧瞧"；想法尚未形成时，"爱屋及乌"[1]这句话便提示了我。"他会看到我是不是一个冷漠的人。"尽管没有诉诸语言，我的情绪反驳道。那土壤中尽可能细小的须根

---

1 英语习语，直译为"爱我，爱我的狗"。

向我发出指令:"如果他是那么智慧,那么聪明,你也要向他展现自己也是智慧和聪明的,让他看到你有自己查探人心的方法,而不是只会以貌取人。"虽然没有明说,我的直觉已经向教授发起了挑战。这种直觉难以全然转化为语言,但如果一定要诉诸语言,它大概是这样的:"我为什么要先看向你呢?你钟爱的东西包含了你。如果你要责怪我在看向你之前首先观察了房间里的东西,那好吧,我还是会继续这么做。其中之一是这只金色毛发的小狗。她会咬人,是吗?你说我是陌生人,是吗?好吧,让我告诉你两件事:第一,我不是陌生人;第二,就算两秒前我是,现在也不再是了。况且,对于金色的小约菲来说,我从来都不是陌生人。"

我的无声挑战还在继续:"你是一位非常伟大的人物。我局促难安,不知所措,又羞又怕,像个个头过高而行动笨拙的女学生。但是你且听好。你是个男人。约菲是只狗。我是个女人。如果这只狗与这个女人相互'待见',这将证明,在你含蓄却苛刻的批评之外——如果那的确是批评的话——还有另一片天地,那里有另一套因与果,另一套问与答。"毫无疑问,教授十分重视新来的精神分析对象或者病人的第一反应,而我恰恰没有为此做好准备。不过,假如我有所准备,情况只会更糟。

77

"不知是偶然还是有意",我从9月19日开始写这本东西。我查阅了手头那本"远古奥秘"日历,发现W. B. 克罗[1]博士将这一天对应给了"透特——墨丘利的埃及版本[2]。正义天平的执掌者。圣雅努阿里乌斯[3]。"我们都知道雅努斯[4],他是古罗马的门神和1月的守护神。1月是属于雅努斯的,因为他象征着神圣的万物之"开端"。

门开了又关,关了又开,雅努斯面朝两个方向。这个房间有着多个入口和出口。我注意到了房间的四面墙壁,

---

[1] 即威廉·伯纳德·克罗(William Bernard Crow,1895—1976),著有《远古奥秘》(*Mysteries of the Ancients*)。
[2] 透特(Thoth),埃及神话中的智慧之神,相当于希腊神话中的赫耳墨斯和罗马神话中的墨丘利。他也是埃及象形文字的发明者。
[3] 圣雅努阿里乌斯(St. Januarius),公元4世纪的天主教殉道者,那不勒斯主教。
[4] 雅努斯(Janus),罗马人的门神,传说他有前后两副面孔,一副看着过去,一副看向未来。拉丁语中的一月"Januarius"起源于他。

谈起了四维空间的问题——它在字典里有一个颇为滑稽的定义:"通过假设性推理得出的一重额外的空间维度"。老雅努斯同时还是四季的守护者——一年中四个季度的序列。埃及的透特是称量者的原型,他是后来希腊神话中赫耳墨斯的原型。我把他们与后来的墨丘利——我们那位"飞翔的荷兰人"联系在一起。

我有一个格外喜欢的故事,本来已经完全被我"忘记",而现在忽然想起来了。故事里有一个叫"一月船长"的老头子,他是个灯塔看守人。还有个从船难中被救出的孩子。[1]

我们的调查才刚刚开始,我们的"研究",老教授与我的。

---

[1] 这里应该是指1891年出版的一部儿童文学《一月船长》(*Captain January*),作者是劳拉·E. 理查兹(Laura E. Richards,1850—1943)。

78

这仅仅是一个开始,但我最近(还是从克罗博士那里)了解到:"希波克拉底大学的印章纹饰是一个被蛇缠绕的T形十字架。这与早期基督教艺术家绘制的一个图案——摩西在荒野之中高高举起的那条蛇——一模一样。"我的蛇与蓟的母题显然与此有着某种隐秘的联系。

人们把希腊的阿斯克勒庇俄斯称为无可挑剔的医生。他是太阳神阿波罗之子。太阳神是光明之源,是音乐与医学的守护神。半人半神的阿斯克勒庇俄斯,(在命运的安排下)做出了过分的行为——他竟然开始复活死者。一位愤而报复的神祇用雷电将他击死。但阿波罗顶住自己父亲的狂怒,将阿斯克勒庇俄斯安置在了星空之中。我们的教授站在大门的这一边,他没有自称能把已经跨过门槛的死者复活,却从无数死气沉沉的内心、备受打击的心智和彻底失调的身体中复活了许多仍生存着的孩子。

其中有一个孩子叫作迷娘（Mignon）。这当然不是我的名字。不过那时我的个子的确较同龄的孩子要矮，是个娇小（mignonne）的孩子；但是他们说我不漂亮，也明显不像哥哥那样，既古灵精怪，又敏捷聪明。哥哥？我是我哥哥的守护人吗？看似如此。在第一场战役中，许许多多的兄弟在法国战死。从那天开始，在战场上倒下的人不计其数。无数风度翩翩、训练有素、英勇无畏、年轻的墨丘利从天空坠落，加入了浩荡的死者之列。死者的领路人？那是古希腊的赫耳墨斯，他的原型是埃及的透特。T字或者说T形十字架变成一支被蛇缠绕的节杖[1]——再一次，它与摩西在沙漠中举起的T字或T形十字架相互映照。

我是哥哥的守护人吗？我那些离经叛道的思想带我来到了这里……比起那些受过训练的思想，它们能带我走得更远。因为教授并不总是对的。他不知道——或许他知道？——我之所以在看向他之前先看了房间里的东西，是因为我知道他房间里的东西象征着永恒，它们包含了他，就像现在永恒包含了他一样。

---

[1] 墨丘利的节杖，由蛇缠绕，顶部有一对翅膀。

79

这位老雅努斯，受人爱戴的灯塔看守人——老一月船长关上了超验推断的大门，或者至少将神秘或隐秘的象征主义，转移到了人类个体心灵中——个体的反应、梦境、联想或移情等神秘或隐秘的领域。他关注的是人类个体、个人对日常问题的反应，还有孩子与环境之间的关系——孩子与朋友、老师，尤其是父母之间的关系。至于个体生命结束之后会发生什么……作为个人，作为种族的一员，作为包含许多不同分支的兄弟会的一员，我们在那位主人（他命名了我们所处的时代）的启蒙教育中获益甚微。于是，一位继承了以色列古老传统的先知出现了，他关上了那扇通向未来和来世愿景的大门。像那位古罗马的百夫长，因为不曾接到命令而没有离开，一动不动地立在庞贝城门旁边。他站在那儿，被硬化的熔岩包裹，令后世惊叹不已。他在毁灭他的烈火与灰烬之中得以永存。

"至少，他们没把我烧死在火刑柱上。"这句话是教授自己说的，还是别的什么人描述他时说的？我想应该是他自己说的。但是真的就只差一点……这甚至是字面意义上的……就在昨天晚上，熟悉的警笛声、警报声和接下来更加刺耳、令人魂飞魄散的"警报解除"的通报声响彻伦敦。作为真实的恐怖事物的后续，"警报解除"的通报声甚至更加骇人。从实际的威胁中解脱出来之后，才终于有时间进行思考。到了凌晨3点，警报声和"警报解除"的通报声时不时被或远或近的爆炸声打断，而7点之后，这些声音越来越密集……战争尚未结束。爱欲与死亡是首要的主题——事实上，它们是教授唯二始终关注的对象，它们仍然被困在僵局中苦苦挣扎。赫拉克勒斯与死亡斗争，他的斗争至今仍未结束。但是教授宣称，赫拉克勒斯的神力来自爱神厄洛斯[1]，而我们也都知道，爱欲比死亡更强大——这是从一开始就被写下的。

正是对人性的爱支撑着教授在门口守护人类。教授写道，相信灵魂永存，相信死后还有生命，这是人类最后的幻想，同时也是最伟大的幻想，死后世界详尽、精细的图景由人类长久以来的共同愿望所构建。他甚至可能真的这

---

[1] 厄洛斯（Eros），希腊神话中的爱与情欲之神。

样认为。如果是这样，那就再次证明了他那百夫长一般的勇气。他会站在守卫者的位置上，把意识的涌流引回有用的地方——引入灌溉的渠道，这样就没有力量会被浪费。他会清理奥革阿斯的牛棚，驯服涅墨亚的狮子，捕捉厄律曼托斯山的野猪，并赶走无意识沼泽中的斯廷法利斯湖怪鸟。[1] 这些事情都必须有人完成。他为我们指明了一些可行的方法。他似乎是在重申，在完成"十二件工作"之前，我们（人类）没有资格在幻想的云垫上休息，做关于来世的痴梦。

在思维上层的理智层面，他叫停这种对天堂的梦想与对永生的希望。有人曾在某处写道，西格蒙德·弗洛伊德具有一种勇敢的悲观主义精神，他对这个世界几乎不抱任何希望，他很清楚人们为什么会嘲笑他最初的发现，嘲笑他的《梦的解析》《妄想与梦》，以及所有其他著作。他用机智幽默的文章回应了最早的那批粗俗的批评者——我觉得翻译版本很难传达或让人欣赏到那种幽默，然而，即使只是粗浅地观察过他对待对手的态度，也必须承认他的才思敏捷和机智幽默无人能及。他并不想证明他们是错的。

---

[1] 这几件事都属于欧律斯透斯（Eurysthenes）要求赫拉克勒斯完成的十二件工作。

他只是想为他们指路，告诉他们最终可能会发现别人强加给他们的一些想法是毁灭性的。后来，他甚至撰写了一篇理性、冷静、公正的文章，来探究犹太仇恨重新抬头的原因。

80

有另外一位犹太人说过,神的国就在你们心里[1]。他还说:你们若不回转,变成小孩子的样式,断不得进天国。[2]

---

1 见《新约·路加福音》17:21。
2 见《新约·马太福音》18:3。

81

他人都有待我们质疑。你却是个例外。
我们想穷根究底——你只含笑无言,
智慧超凡。你如巍巍高山,
只对星辰脱冕,披露风采,

坚定的双足扎根于广阔的海洋,
把九重碧霄当作自己的家园,
往往只隐隐露出山脚的边缘,
让无数凡人徒劳地寻求探访;

你的头脑与星辰和阳光打交道,
你自修,自省,自尊,独立自主,
在世间踽踽独行。——这样更好!

> 不朽的心灵必须经受的一切痛苦,
>
> 一切恼人的弱点和摧心的忧伤,
>
> 都在你胜利的额头上留下独白。[1]

有什么东西促使(几乎是逼迫)我把它抄了下来。这是马修·阿诺德那首为人熟知的致莎士比亚的十四行诗。我原本没打算把它放在这里,但或许,我的潜意识或者无意识在"胜利的额头"一词中找到了某种智识上的熟悉感。最后一行里仿佛有种伊丽莎白时代特有的奇喻或隽语,本体被巧妙地隐藏起来——它只是我的个人发现,却在我们的语境中显得无比合适。教授的名字"Sigmund"隐藏在诗歌的最后一行里:"胜利的"——"Sieg";"独白",声音、言辞、话语——"Mund"。这首十四行诗好似为我们而作,它仿佛专属于这个场合,专属于这本回忆录。我在前面还引用了另一首对我们来说更具私人性的作品——德国诗人歌德的那首抒情歌曲。我在上学时曾与同学们一起吟唱过,但已经记不起它的曲调——不是舒曼写的。教授身上的确具有音乐的特质,他吐出的每一个音节都有曲调。音乐隐

---

[1] 出自英国诗人马修·阿诺德(Matthew Arnold,1822—1888)1849年发表的十四行诗《莎士比亚》。译文引自顾子欣译本(《月光多么恬静地睡在这山坡上》,外语教学与研究出版社,2015年)。部分表述因应文意调整。

藏在他的名字里——"Sieg-mund"，胜利之声，胜利之语。维也纳到处都有音乐，贝多芬曾在这里谱写交响乐，他那时重负在肩，饱受折磨；莫扎特也曾在这里生活，体弱多病的他谱写了无数无可挑剔的乐章，最终在孤苦中早逝。当然，还有舒曼和舒伯特。舒伯特的名字一直与市郊的格林津区联系在一起，那里离教授消暑的德布灵区不远，彼时是我刚来维也纳的第一年。这座城市被全世界誉为音乐的心脏和音乐爱好者的中心。这儿还住着一位音乐大师，他也是阿波罗之子，他将协调全人类的精神。就像俄耳甫斯一样，他将吸引无意识或潜意识的野兽，激活深埋的思想与记忆的枯木和岩石。

82

"不知是偶然还是有意",我从9月19日开始写这本东西。那一天是透特的神圣之日,后来又成为圣雅纳略的圣日。圣雅纳略的名字与古罗马的门神雅努斯有关。雅努斯守护着万物之"开端"。我没有刻意选择这个日子,尽管我的确会时不时看看日历。或许,我的潜意识引导我选择了这一天。不过,我非常确定,自己将"有意"选择11月2日作为完成这"开端"的日期。那天是我们为亡灵点燃蜡烛的日子。

今天是万圣夜;明天是1944年11月1日,万圣节。《旧约》中的天使米迦勒——即《启示录》中的天使长米迦勒,仍被称为水星(墨丘利)的守护者。在文艺复兴时期的绘画中,我们能见到圣米迦勒穿着飞鞋的样子,有时他甚至还戴着有翼头盔,那属于经典的诸神使者,不足为奇。但是,我更愿意为教授选择万圣节之后的那一天,因为他对灵魂比对圣人更感兴趣。

83

其中的一个灵魂被称为迷娘,它有一副不太适合自己的身躯。人们说它很娇小,却不漂亮。它是一个夹在两个男孩中间的女孩,颇为讽刺的是,它纤瘦弱小、沉静害羞,而男孩们都容光焕发、金光闪闪。人们说它不漂亮。后来,它的个子突然像野草一样蹿了起来,人们又说它漂亮。他们惊讶地说:"她真的非常漂亮,只可惜个子太高了。"这个灵魂被称为迷娘。很显然,这副身躯并不适合它。

但是,迷娘在一首歌中找到了自我。只是它的曲调找不到了。

84

在约翰·沃尔夫冈·歌德这首抒情歌曲的最后一节中,有这样一句:

Es stürzt der Fels,
岩石欲坠,

崩裂的岩石坠入废墟,这简直是我们当前的窘迫处境;但是

und über ihn die Flut
潮水打着岩石

接下来的描绘让人想起一条奔涌的河流;这句诗直译过来是"洪流从它上面涌过"。尽管岩石崩裂,洪水滔天,我们还有方舟——我把它叫作独木舟——它可以载着我们穿过

汹涌的洪流，直抵安全的港湾，即使现在尚未发生。歌德的抒情诗中的迷娘也加入了我们的问答仪式——1920年春，我在希腊的科孚岛上看见了一组墙上的文字，其中有一组涡卷形图案——不完整的、倒转的S，我将它们认定为问号。另外，我的儿时好友，我认识的第一位"在世"诗人埃兹拉·庞德为我解读的那块最初的奠基石上也有一个S形神秘符号——一条刻在石板上的蛇。S形的蛇，旁边是象征着荒原与沙漠的蓟草；但是有人告诉我们，沙漠也必快乐，又像玫瑰开花[1]。摩西正是在沙漠中举起了那个原属于埃及的透特的古老T字或T形十字架。当时，教授正在研究"埃及人摩西"[2]，但是我们在分析我那场关于埃及公主的"真实"的梦时并没有就此深谈。教授问我，我在梦中是不是多雷插画中的米利暗——她半藏在河边的芦苇丛里，守护着那个婴儿——他即将成为落难民族的领袖，并将创立一种新宗教。米利暗？迷娘？

1　见《旧约·以赛亚书》35:1。
2　弗洛伊德晚年一直在研究摩西，并在1939年完成了他的最后一部著作《摩西与一神教》(*Moses and Monotheism*)。他在书中论证摩西其实是埃及人。

85

她是那个提问的人。每一节诗都是一个或一组疑问。你可知道那个地方？你可知道那座楼阁？你可知道那座山脉？

Kennst du den Berg und seinen Wolkensteg？

（你认识吗，那座山和它的云栈？）

"你知道那座山脉和它的云桥吗？"这句翻译够别扭的，但山和桥的形象可以十分贴合地"解读"教授自己的工作，以及我们的合作。"Steg"的本义是木板，译成"栈道"或许更加准确。它不是供一大群人使用的大桥，而是架在深渊之上的小栈，不经修砌，敲打和构筑。精神分析建造了许多大厦；诸神立在那里，一些人读作"诸物"。我们面对的是幻想与想象的领域，它凌驾在深渊之上——就像诗人

所写的那样。余下的诗行也格外贴合我们的主题:

Das Maultier sucht im Nebel seinen Weg
（骡儿在雾中寻它的路线）

"骡儿在雾中寻路。"有许多骡儿行走在山腰以下那些比较容易辨认的小路上。要么驮着过于沉重的学问工具，要么被偏见蒙住双眼，它们在山下绕了一圈又一圈，直到一无所获地回到马厩里，悲叹自己刚才的愚蠢，对这座诱骗了它们的山脉悲伤地摇头。但还有其他几只迈着沉重缓慢的步子继续前行——虔信的骡儿。我们能在圣诞马槽中找到它们的原型。

诗中还有一条龙与它的子裔——九头蛇怪，赫拉克勒斯的十二件工作中的另一个对象——我们真正的恐惧，以及许多与之相关的恐惧，就在这里。

In Höhlen wohnt der Drachen alte Brut
（洞穴中伏藏着蛟龙的苗裔）

洞穴里有一窝龙——或者一个古老的龙窝。我们必须继续前进，克服所有危险，就像清教徒诗人约翰·班扬[1]笔下的基督徒那样。"Kennst du ihn wohl？"你真的知道所有这些吗？如果有人曾经知道，那一定是这位老教授。最后是圣米迦勒赶走了那条原始的巨龙[2]，不是吗？透特、赫耳墨斯、墨丘利，还有最后的米迦勒——天使的最高统率，或者说"百夫长"。

但是，圣徒和天使不是我们关注的对象，灵魂才是；我们可以把她唤作米利暗或者迷娘。

Kennst du das Land, wo die Zitronen blühn？
（你认识吗，那柠檬盛开的地方？）

"你认识吗，那橙花盛开的地方？"一个冬日，教授把一条橙树枝递给了我。树枝上的叶子颜色很深，看上去像月桂的叶子。

Im dunkeln Laub die Gold-Orangen glühn
（金橙在阴沉的叶里辉煌）

---

[1] 约翰·班扬（John Bunyan，1628—1688），英国作家、布道家。
[2] 在基督教故事中，圣米迦勒击败了化作巨龙的撒旦。

橙子在深色树叶的映衬下发出金色的光芒。

  Ein sanfter Wind vom blauen Himmel weht
  （一缕熏风吹自蔚蓝的天空）

是的，天气又阴又冷，附近地平线传来战车的隆隆声。但是，有一股柔风从无云的天空吹来，吹到老教授和这个特殊的灵魂身上，它是如此柔和，以至于桃金娘——它与玫瑰都是爱神的圣物——的叶子纹丝不动。那里的桂树长得很高。

  Die Myrte still und hoch der Lorbeer steht
  （桃金娘寂静，桂树亭亭）

  一切尽在其中，抒情风格的提问已向我们暗示了问题的答案。那答案大概是：你可知道那个地方——而你的确知道，不是吗？至于那楼阁呢？那山脉呢？这是一片陌生的土地，位于异国他乡，遍地都是与古典的关联——从阿芙洛狄忒[1]的桃金娘到阿波罗的月桂树。你的确认识那座楼阁，不是吗？它的屋顶由石柱架起，与卡纳克神庙和雅典帕特农神庙原始的屋顶或部分屋顶一样。但是这座楼阁要更新一些；入口处的大厅宏伟壮观，灯光和烛光交相辉映，里面是内室，房间里的墙壁上要么挂着明亮的挂毯，要么粉刷成鲜艳的颜色，像个私人房间或套间。我们就是在那儿看到了那些雕像，大理石材质的，就像我在教授咨询室旁的内室里看见那些小小的塑像，它们立在教授的桌上，紧紧地盯着我看，好像在问我，你都遭受了什么？

    Was hat man dir, du armes Kind, getan?
    （可怜的孩子，人们怎样欺侮了你？）

可怜的孩子，颤抖的、无蔽的可怜灵魂。但是——你知道吗？——你当然知道，啊，我的守护者（啊，我的保护人），我要和你同去。

    mit dir, o mein Beschützer, ziehn
    （啊，我的守护者，我要和你同去）

---

[1] 阿芙洛狄忒（Aphrodite），希腊神话中的爱情女神，桃金娘是她的圣树。

那片土地（或者那个国家），那楼阁，那山脉——我们可以在花园中得到休息，在楼阁里得到庇护；它美丽绝伦，让我想起威尼斯大运河上的黄金宫。它是《圣母颂》中的金屋。从花园，到楼阁与大厅，再到山脉，诗中几个意象的变幻遵循了灵魂的演变进程。山脉高高耸立，像奥林匹斯山一样被云层覆盖。但那里架了一座并不太宽的云栈，云桥或小栈。云栈下方的峡谷深邃可怖，有远古巨龙居住其中。（但是我们挖得很深，老教授这样说道。）站在废墟中，崩裂的岩石散落在我们脚边，大瀑布的骇人吼声在我们耳旁回响。好问的灵魂问道：但你，在所有人中，是唯一知道这一切的，不是吗？骡儿迈着沉重的步子，在雾中继续前行。啊，让我们同去吧，诗人歌德笔下的迷娘——那个灵魂这般哀求；她先说道，啊，最亲爱的人，我们走吧，

  o mein Geliebter
  （啊，我的爱人）

然后说道，啊，我的守护者，我的保护人。

  o mein Beschützer
  （啊，我的守护者）

最后，她没有问她是否可以同去，也没有发出"要是我们能去那儿就好了"的感叹，而是做了简单的肯定，用白色的玫瑰——事实上，是用那更白的栀子花——表达了自己最高的致敬。

  Dahin! Dahin

  Geht unser Weg! o Vater, lass uns ziehn!

  (到那里！到那里

  是我们的途程，啊父亲，让我们同去！)

伦敦

1944年9月19日

1944年11月2日

圣临

1

1933年3月2日

我哭得不能自持……我去了挂着油画的老木屋餐馆，这些油画，就像我母亲画的，描绘的是瑞士的风景，有山峦、半山腰的小屋以及桥下的激流。其中有几幅维多利亚中期的雪景，她也画过。锯木厂的旧木板、利哈伊河、带棚架的避暑小屋，外祖父担任多年院长的神学院的鹿园，在这些褪色的颜料中显露出了些许紧密联系。也有一些静物作品，一些苹果和一个棕色罐子，两朵怒放的牡丹用蓝色翠雀的茎秆扎成一束，类似我们在画廊看到的，但它们描绘的就是一些家庭常见场景，并没有什么深意。

1913年夏初，我们离开了意大利。我和母亲参观了一个奥地利村庄，正如这些画描绘的一样。我父亲那时已经回美国了，他说要去"买一双鞋"。我们看了一出耶稣受难剧[1]。我犹记得我母亲在一座木桥上与村里的一位妇女交谈，后者告诉她犹大就是那个渔夫[2]。母亲的德语说得很好。我们住在一家客栈里，只记得女服务员叫我"小丫头片子"[3]，以及我们对那幅关于年迈的奥地利皇帝与皇后的镶框彩色照片的喜爱，我还记得皇后的蓝色领口[4]饰有珍珠。那也许是在因斯布鲁克。村民——我不记得村庄的名字了——把游客带进自己的家，那是一些棚舍或小木屋（就像日久黯淡的画中的这些一样），在村庄的角落和老桥的入口处有木刻基督像，给人一种相当压抑的感觉。

我一个人漫步过桥，但并没走太远。森林看上去有些危险。

圣诞节期间，我们制作了几头鹿放在树下的苔藓上。祖父用黏土给我们制作了绵羊。

我哭得不能自持……我甚至不知道我还记得些什么：1915年春天我在伦敦第一次分娩时，那些如修女一样冷冰冰的护士给我带来的伤痛；孩子刚刚夭折之时听闻卢西塔尼

---

1 耶稣受难剧（Passion Play），描绘耶稣受审判、受难、死亡的剧目，是基督教封斋节的重要组成部分之一。
2 见《新约·马太福音》。
3 原文为德语。
4 原文为法语。

亚号[1]沉没的震惊;对溺水的恐惧;身着蓝色的医院制服坐在公园长椅上的年轻人;父亲的反战情绪和他在1918年的剧烈改变;我支离破碎的婚姻;1918年与友人在康沃尔的短暂相处;父亲的望远镜,祖父的显微镜。如果我让它们随风而逝(我,这渺小的存在,在西格蒙德·弗洛伊德显微镜下的这一个自我),恐怕我整个人会彻底溶解。

我曾有过一段双重自我(double ego)的体验,布赖尔称之为"水母";钟形罩或半球形透明玻璃,如潜水钟一般,一头一脚将我笼罩其中。我于1918年7月在锡利群岛的圣玛丽医院那狭小的空间里,度过了一小段与世隔绝的时光,藉此得以免受战争灾难的侵袭。但我不能一直待在里面;1920年春天,我重新获得现实性,布赖尔带我去了希腊。

我和哥哥拿起父亲的放大镜,他教我如何"让纸烧起来"。父亲制止了我们,因为"玩火"很危险。

当我告诉弗洛伊德教授我在1913年结婚时,他说道:"啊,那是二十年前了。"

西格蒙德·弗洛伊德俨然一位博物馆馆长,身边环绕着来自希腊、埃及和中国的珍贵收藏;他如同"拉撒路出

---

1 卢西塔尼亚号(Lusitania),英国卡纳德轮船公司生产的邮轮,1915年被德国潜艇击沉。

来"[1]；就像D. H. 劳伦斯一样，尽管年事已高，但成熟老到，感知力敏锐。他的手敏感而柔弱。他是灵魂的产婆。他自身就是灵魂。一想到他，我的前额就仿佛遭到猛击，犹如一只骷髅天蛾在不停扑打；他不是斯芬克斯，而是斯芬克斯蛾，骷髅天蛾。

我的恐惧并非无由。我让死亡从窗口而入。如果我没有让理智如薄冰一般的窗玻璃保护我的灵魂和情感，死亡就会侵入我。

但也许我会接受精神药物的治疗，从他的洞穴里拿走一个珍贵的无名小药瓶。也许我会洞悉秘密，成为一个女祭司，手握生死大权。

他捶打我躺着的老式沙发的靠头或我的靠枕。他对我感到恼火。他的小松狮犬约菲坐在他脚边。我们组成了一个古老的循环或圆环，聪明的男人、女人、母狮（他这样称呼他的松狮）！

他是个犹太人，宛若最后一位先知，他会打破《利未记》的旧律：用石头砸死流浪汉，对不遵守律法的人施以难以想象的惩罚。维多利亚时代的旧律着实严苛：哈夫洛克·霭理士和西格蒙德·弗洛伊德为了我们这一代人调和

---

[1] 见《新约·约翰福音》11:43。

了旧律。

肯尼斯·麦克弗森叫我"记录天使"。木制梳妆台左边挂着一幅画,我努力记录下那画中篮子里苹果的纹理。当我从笔记本上抬起头时,它们恰好在我的视线之内。因为烟雾和冬日的湿气,这幅画显得有些模糊,但是画中的苹果里一定有黑色的种子,画中的壶里也一定有白葡萄酒。尽管母亲对我们如此欣赏的她的那些画嗤之以鼻,我依然想像母亲一样作画。

父亲出了门,他听从星辰的指令。西格蒙德·弗洛伊德则听从人类灵魂的指令。

在我的许多幻想中,1920年春天的科孚岛会有一人身着麻衣出现;从外貌上看他并不像传统的弥赛亚,尽管他所说的话让我觉得他是基督。他说:"你曾经善待过我的一个子民。"我会如此善待谁呢?

有一个美籍俄裔犹太人,叫约翰·库诺斯或者伊万·伊万诺维奇·科尔顺,他说这是他的名字。这里科尔顺的拼写未必正确,但他的确是这么发音的,而且我清楚记得他说科尔顺的意思是一只鹰。

还有一位,布拉希尔先生,是著名的镜片制造商,他为我父亲的天顶望远镜安装了镜片。不知道这镜片是如我在西西里岛时想象的那般,还是像我称之为玻璃钟形罩的两个凸透镜那样?

1932年春天,我从希腊的埃伊纳岛归来,结束了希腊游船之旅。女儿和我一起,她只有十三岁。1923年我从埃及回来时,恰逢图坦卡蒙[1]被发掘出来;1920年,我结束了伊奥尼亚群岛之行。

我透过我的双透镜观看这个世界,仿佛除此镜头之外一切都已被摧毁。我透过凸透镜玻璃窗看雪花飘落。

谁是我曾经善待过的那个人呢?布拉希尔先生身材矮小,肤色黝黑,性格活泼。他是一位著名的镜片制造商,不光在美国闻名遐迩,可能在全世界都是最有名气的。在我的想象中,他很瘦小,我曾善待过这个人。难道他是炼金术师中拥有魔法的矮人吗?

---

[1] 图坦卡蒙(Tutankhamen),埃及新王国时期的国王。

2

弗洛伊德把我带进另一个房间，向我展示书桌上的东西。他拿起了毗湿奴牙雕，上有蛇头抬起，共同组成一个华盖。他把它放在了我手中，又在书桌上由雕像围成的半圆形的尾端挑选了一个很小的雅典娜雕像，并说道："这件是我的最爱。"毗湿奴被摆在中间，其他的雕像在其两侧排开；在某处还有一座教授的雕像，被置于书桌边，身处这半圆形之后或之中。他打开一个靠着墙的箱子，向我展示了他的另一些珍宝，一些古董戒指。

我们谈到了精神分析的费用，他说："不要担心那个，那是我该担心的事才对，"他接着说道，"我希望你能有宾至如归的感觉。"他又说觉得我的声音非常"温柔"，并补充道："我终归已经七十七岁了。"仿佛我让外部事物闯进来会十分危险。

我发现自己并不是那么害羞。我把查德威克女士的事告诉他，说我在1931年春天和她合作的初步阶段遭受了怎样的痛苦。我必须刻意地组合起所有令人遗憾的记忆，才能够抵达真相的彼岸。"我们只有到事后才能够知道什么重要什么不重要，"他说，"我们必须不偏不倚，把自己的人生视为一场公平竞争。"

我向他讲述他的房间给我的第一印象使我多么不知所措而又心烦意乱。我从未预想到他身边珍宝环绕，房间就像一座博物馆，一座神庙。我们谈到了埃及。我提到了黄沙、蓝天、甲虫。接着我说，埃及就仿佛一组活生生的《圣经》插画，我告诉他我小时候从多雷那儿获得的乐趣。

他说我真的十分幸运，已经发现了图画中"层层叠加"（superimposed）（他的原话）的现实。

在上一次会面中，我向他陈述了关于公主和篮中婴儿的梦。

他又问了我一遍，我是米利暗还是见到了米利暗，以及我是否觉得那位公主实际上是我的母亲。

他说梦有时只展现"冰山一角"，但我辩说这个梦是一个终结，一种绝对或综合。我也不像他在一开始说的那样，是那个婴儿，是"一个新宗教的创立者"。显而易见他才是那个创立者，是从埃及发出的光芒。

但事实上我们也玩抢椅子，在房间的不同角落不同位置，寻觅一个又一个角度，或找不同的物件。是的，我们玩捉迷藏、找拖鞋、以及找顶针的游戏，耐心细致地接合拼图中的碎片。我们在填字游戏中颠来倒去地拼单词，为的是解决我们那错综复杂的疑团，而后我们再一次逃离，藏在地窖中、阁楼上，或是母亲的衣柜中。我们玩着宏大的猜字游戏。

但教授坚持认为我自己想要成为摩西；我不仅想要成为一个男孩，还想做一名英雄。他建议我阅读奥托·兰克的《英雄诞生的神话》。

3月3日，星期五

想起毗湿奴像，我觉得那牙雕就像一朵半开的百合。

我不知道那白百合是幻想、是梦，还是现实。

透过阳台的铁栏杆向外看，附近有不同年龄段的男孩，除了我的兄弟，还有堂表弟或是邻家的小强盗们。

一个上了年纪的高个老男人在花园里徘徊。旁边还有一个年轻版本的他，但那个高个年轻男子是园丁。

祖父、教父、天父看到孩子，将他们召唤到铁栏杆旁。他仔细审视着他们，而只有那一个是被选中的。

小女孩蹒跚着向前走，情绪激动，害羞却勇敢。她跨过了门槛。她站在花园的小径中。这是一个"真实的"花园，它和祖父的花园一样有着用沙铺成的小径。但它是封闭的，面积并不很大，更像是两堵墙之间没有屋顶的狭长的房间。花园里有一些树，很普通的树，真实的树。

她只有在树结果或开花时才能分辨它们。但在夏天它们只有叶子，不过就是普通的树。

那位老先生说她必须选择她想要的。事实上，那儿既没有三色堇花环可供"摘取"，树上也没有果实。但她必须选择她想要的。

她看到了她想要的。这是这花园中唯一的花吗？

这本不应是她会选择的花，因为她永远也不会被允许去选择这样一朵花。这是一朵麝香百合或圣母百合，就长在小径边上。

她指着那朵花，惊讶于自己的大胆。

园丁打开一把刀，将那朵花切下送给了她。

但这实在令人难以承受；一个人拿着一朵硕大的麝香百合能做什么呢？她沿着已经空无一人的街道一路狂奔，直到他们家朝向教堂街的前门。

她冲进前厅或者说会客室，这里看起来似乎比平时更加空荡，光线从没有帘布遮挡的窗户射下来。妈妈正在缝纫，妈妈利正在缝纫。

我的麝香百合！

"啊,"妈妈或是妈妈利(我们的外祖母)说道,"这朵花在你外公的新坟上一定会很美。"

她独自去尼斯基山庄,她的外祖父被葬在这里不久。那儿只有这一个土丘,仿佛一个花圃。她把百合"种"在了那儿。

很明显,这些都是我继承来的。这种想象的能力,继承自我那音乐家、画家母亲,继承自有一半凯尔特血统的外祖母,以及有英国与中欧血统的外祖父。我父亲是土生土长的新英格兰人,他与印第安纳州的拓荒者只隔了一辈,最后又"回到了东部"。我父亲也在这里,但他却溶入或化为"另一个祖父",那是一个我们从来不曾了解的人。外祖父是我知道的第一个"死去的"人。我在那时还未能将教父或天父与可辨认的人格联系在一起。他是一个陌生人。他是一个旧南方来的将军。我后来曾向母亲问起他去了哪里。但母亲说,并没有这样一个人,并没有一个旧南方来的将军,教堂街也并没有这样一座在两堵墙之间的狭窄花园。她认识教堂街上的每一个人。

我不能接受这个说法,但我也无法找到那座房子,它本应在原来学院的对面;他们正在推倒学院建新楼,但无论如何,老神父的房子在街的另一边。这一切都不太对劲,但只是在后来,很久以后,我才意识到这一点。

树林的叶子非常繁茂。他给了我一朵麝香百合。麝香百合是在春天或是早春里的复活节盛开的；夏天的树林，树叶茂盛。但更糟糕的是，在给了她百合花之后，仅仅过了一两天，他就让人拿来了他的雪橇。那是一架漂亮的雪橇，上面挂着铃铛。园丁就是车夫。雪橇上还有一张厚毛毯。我们驶过无人踏足的雪地，大街上空无一人。

他让车夫捎话，说他为了那个小女孩才送来雪橇。"他什么时候才会再来呢？"我问母亲。是冬天，还是夏天？"为什么？——什么？""当然是雪橇。他说只要我想，他就会送那架雪橇给你、给我、给吉尔伯特还有哈罗德，但他说是因为我，大家才能一起坐他的雪橇。"

我们都在那厚厚的毛毯下蜷起了身子。

但从未有人给我们送来过雪橇，母亲告诉我说。

无论如何，季节也完全不对。

在科孚岛，有人在我的桌上放了两朵白色百合和一朵红色郁金香。也许是布赖尔。但似乎又有蹊跷。我并没有向布赖尔问起过这事。我很早就已经学到，不要在蹊跷之处过问太多。

毗湿奴牙雕笔直地坐在他那由蛇组成的罩盖中，就像是一朵马蹄莲或捕蝇草的花柱。

我的外祖父就像是捕蝇草，一位牧师或者说教士。

教堂街是我们的街道,教会也是我们的教会。它由青岑多夫伯爵创建,他把我们这个小镇命名为伯利恒。

人们告诉一个人这些事情,孩子们则嘲笑这个人的无知。"可耶稣不是在这里出生的。"

这也许是真的。我们不会讨论这个问题。只有在约莫四十年后,我们才着手处理这个问题。"我不知道我是真的梦到了还是仅仅想象了它,或是在事后才想象自己梦到了它。""在这一刻,你到底是梦到了它还是想象了它,或是仅仅编造了它,"他说,"这无关紧要。我不认为你会刻意伪造你的发现。重要的是,这表明了你的幻想或想象的倾向。"

他接着说道:"你出生在伯利恒吗?这几乎是必然的,耶稣的神话——"他停顿了一下,"这会冒犯你吗?""冒犯我?""我把你的宗教信仰归类为神话。"我说:"这怎么会冒犯我呢?""伯利恒是属于马利亚的小镇。"他说。

3

3月4日

我很冷,而且发觉起头实在是一件难事。我继续谈论多雷的插画,谈论《所罗门的审判》中的死婴。我跟他说了自己两个姐姐的坟墓。我对她俩一直都不了解;其中一个是我同父异母的姐姐,她与同父异母的两个大哥哥埃里克和阿尔弗雷德更亲一些。他们的母亲也葬在那里。我们还继续谈论了关于百合的幻想。他说,显然"老人"就是上帝。

我想象里的百合是圣母百合。我说是毗湿奴牙雕激励我来讲述这段轶事的。他问起我早期的宗教背景。我答道,那时候受到的宗教教育并没有多么严格,我们也不会经常受到责罚。然而,我却记得那种将被责罚时情不自禁的担心和可怕的预感。圣经故事中的地狱好像是一个真实的地方。但我没有说出这些。我接着跟他讲起了我们的圣诞蜡烛。

"一种氛围……"他说。

他说:"没有比点燃的蜡烛更重要的象征物了。你说你还记得祖父的平安夜祷告对吗?女孩和男孩都有蜡烛吗?"他竟然会问这些,似乎有点奇怪。

西格蒙德·弗洛伊德从沙发后面的椅子上起身,走到我身旁。他说:"如果像你说的,在祖父的平安夜仪式上,每个孩子都因上帝的恩赐而得到一支点燃的蜡烛,我们就不会有什么问题了……这就是一切宗教真正的核心。"

后来回到家里,我躺在床上,想着那些想要告诉他,更准确地说,是必须告诉他的事情,我既震惊又害怕。我将西格蒙德·弗洛伊德当成了这个小爸爸,爸爸利,也就是祖父。我在半梦半醒中喃喃自语,更确切地说是在对着教授说,我意识到,自己这时说话的节奏和语言是对着猫和小孩时才用的。我女儿有一只猫,名叫彼得,她告诉我说:"我在遗嘱里把它留给你了。"

"那是一只很老很老的猫。"我对教授说道。然后我发现,当他从等候室命令或召唤我到咨询室的时候,他手肘的动作就像是鸟在振翅一样。我最近常去维也纳环形大道附近的花园里观察那些大乌鸦或秃鼻乌鸦。

是的，他最微不足道的言谈，最不起眼的姿态，都有一种独特的斩钉截铁之感。他的桌子上有座帕拉斯·雅典娜的雕像，打开双扉门就能看到，指引着人们从咨询室通往里面的圣殿。就在我房门的上方，有一尊帕拉斯·雅典娜的半身像——如果我没弄错的话，这句应该出自爱伦·坡的《乌鸦》。他的每一句话，都有一个关于乌鸦的谜语，不过他似乎更像是蜷缩着，而不是栖息着，像是沙发后面角落的一只神圣的鸦[1]。

我想起父亲送我的一件特别的礼物——这次的礼物不是小爸爸、爸爸利送的——那个令人不安、着迷的瞪着眼的生物，站在他的书架顶部一直盯着我。书架一直延伸到他桌子对面的墙，或者更准确地说，整面墙都是书柜，就连窗户都被覆盖了。我一定是英雄的孩子，还是来自《英雄诞生的神话》中的一个英雄，因此我问他："我可以拥有那只白色猫头鹰吗？"

这是一只特别大的鸦，通身雪白。它栖在一个钟形罩下，一双金色或琥珀色的大眼睛眨也不眨。我突然想起了小母狮约菲的金色毛发。似乎只要祖父给了我一支点燃的蜡烛，父亲便会送我一只雪鸦。

---

1 原文为法语。

的确，这个奇迹是有条件的，就像经常出现在真正的童话故事中的那样。是的，鸮是我的；它永远是我的，父亲不会要求我把它还给他。他曾有一次责备我们中的一个是"印第安给予者"[1]，所以他自己不会做这种事。有人轻率地把一袋大理石、一只公鸡小号（一种混凝纸质[2]的公鸡，鸡头像万圣节假面一样），或是《潘趣和朱迪》木偶戏中的乔伊送人了。虽然人偶归各自所有，但"演出"是大家齐心协力共同参与的，所以在礼物上我们出现了分歧。"什么叫印第安给予者？""就是送完东西又要回来的人。"但他不是个印第安给予者。我可以留下这只雪鸮。

然而，还有一个条件。我跟教授讲了雪鸮的故事。我告诉他，还有一个条件，然后停顿了一下，好像为了突出这种戏剧性。

但也许这是一个老掉牙的把戏。

我还没来得及告诉他，教授就说："啊——是的——他把鸮给了你，条件是它要留在原地。"

但当我躺在这里，躺在雷吉娜酒店舒适的床上，我继续着自己的遐想。我不是在准备明天的会话，我只是还在

---

[1] 印第安给予者（Indian-giver），指送礼后又索回的人。
[2] 原文为法语。

继续着今天的。由于某种稀罕神奇的好运气，园丁给我带来一片仙人掌的尖芽，让我种在盛了鹅卵石和沙子的花盆里。"不要浇水，它在阳光下长得最好；我有一棵巨大的仙人掌，简直像树一样。"他告诉我。又解释说，他那棵仙人掌也是从一个小芽片长出来的，跟他带给我的这个是一样的。我以自己的仙人掌为傲，把它挪到了阳光下。它会长成一棵树的。

这真的不公平。

我那三英寸[1]高的坚韧的仙人掌开始绽放光芒了，它没有生长，而是迸发出一朵巨大的花，就像一朵红睡莲。它的花瓣光滑而凛冽，虽然它们应该是炽热的。好吧，也许它们之前是炽热的。我以为园丁会很高兴。可他却说："我这株植物养了这么多年，从来没见它开过花。"

这不公平。

关于蝴蝶则没有这种竞争，但那也不公平。不知为何，这只巨大的毛毛虫从我的花园中选了一节相当脆弱的花茎来作茧。可能是我们的"廉价种子"没有好好筛选或分类，以至于一些奇怪的外来者夹杂了进来。但是虫子是怎么到那儿的呢？它们之中只有一株烟草植物。我折断了它的花

---

[1] 约7.62厘米。

茎，把它和残余的烟草花叶子放在一起，然后将茧放在上面，一起移到了我觉得最安全的地方——父亲书柜的顶部。鸦在一端，另一端是印第安头骨，至少我们把它叫作印第安头骨。这个头骨是父亲童年时代，由他自己或他父亲在印第安纳州挖掘出来的。

我知道自己正躺在维也纳自由广场雷吉娜酒店的床上。我知道这天是1933年3月4日。我不确定，但我觉得今天是父亲的生日。在我们家，他从来不想过"生日"，我们家似乎每隔一周就会庆祝妈妈或妈妈利的生日书或文典中标出的节日。我想这是父亲的生日。他去世时比教授还要年轻，所以不管怎样，也许将祖父或者曾祖父的形象赋予教授是很自然的，教授就是小爸爸或是爸爸利。

如果我跟教授说仙人掌和蝴蝶的故事，他会认为这两个中总有一个是编的，或两个都是编的。

就像我说的，这实在不太公平，因为我曾与业余专家略微聊过，尽管自己连一种蝴蝶的名称都不知道。那只茧里最后孵化出一只飞蛾，外形怪异而巨大无比，体型相当于一只中等大小的鸟。它从书架这头爬到或者说扑棱到那头，到达了父亲童年时自己或他父亲在印第安纳州挖或犁出来的头骨里，并在那儿定居下来。

父亲和我一致认为我们无能为力，只能打开窗户，希望它会自己飞出去。

在我肘部旁边的台子上有一盏床头灯。我记得,那上面罩着一个惹人喜爱的淡玫瑰色灯罩。如果打开灯,我就能看到长长的绿色窗帘、舒适的绿色软垫扶手椅、玻璃顶的梳妆台,还有放着我的书报文件的普通桌子。

我必须马上开灯,我的眼睛一直盯着暗处,又想知道自己究竟有没有再次跨过门槛。不,我对仙人掌的事情很确定。但对蝴蝶的事不太确定。

蝴蝶的事我确实记错了。我并没有破开沉重的茧,但是我把巨大的绿色毛毛虫和烟草花茎一起放进了一个纸盒里。我在盒子上开洞了吗?某个地方是有通风口的。这是属于我自己的毛毛虫。

在纸盒里,在新的绿色烟草叶片和旧的棕色烟草叶片中,他编织了巨大的茧。

他是怎么从盒子里出来的?我听到他刮挠盒子的声音了吗?

他在盒子里左右扑棱,用他的翅膀拍打盒子了吗?

我是如何把纸盒放到高高的书柜顶部的?我爬上了椅子吗?但即使站在椅子上,我也够不到书架顶层。

这全部是我编造的吗?是我梦见的吗?如果是梦,那这究竟是四十年前的梦,还是昨晚的梦呢?

那是一只巨大的绿色毛毛虫,和开花的烟草放在一起。

我弄错了父亲的生日。父亲的生日在11月。

为什么我会说今天、3月4日,是父亲的生日呢?

4

神圣的鸦！我问他怎么样，他露出了迷人的、带着皱纹的微笑，让我想起了D. H. 劳伦斯。他（用法语）告诉我拿破仑的母亲过去经常说着"但愿这一切能够长久"，即便在拿破仑最声名显赫的时候。我谈到了战争的最后一年。他说他记得那场流行病，他因此失去了最喜欢的女儿。"她就在这里。"他向我展示了他手表链上的小吊坠。她在汉堡死于传染病，尽管她刚刚诞下的宝宝活了下来。我记起萨克斯医生提到过这个女孩，"美丽的索菲"。

所以，美丽的索菲去世了，她几乎与我同时，在1919年的早春时节生下孩子。我也同样感染了西班牙流感，尽管众所周知，在肺炎的损耗之后母子不可能同时存活，但我是那个奇迹般的例外。我的孩子和我那危险的身体状况都没有导致我们最后的崩溃。

然而，要说的东西实在是太多了。我回避了令人悲哀的真实细节，告诉教授我在布里克斯顿与哈夫洛克·霭理士在他公寓里有几次会面——都是在我孩子出生前不久——他对我十分友好。我曾经写信给霭理士医生，尽管达夫妮·巴克斯，这位曾在1919年冬天安排我住在白金汉郡她家附近的小屋中的女士，曾经试图打消我与我所敬仰的哈夫洛克·霭理士会面的念头。霭理士夫人曾在白金汉郡有一栋房子，就在达夫妮家旁边。达夫妮说："哦，哈维洛克——没人能顺利见到过哈维洛克。他与世隔绝，是个隐士、提坦[1]、巨人。"也许达夫妮这种想当然刺激了我去接近这位提坦。我收到一封他礼貌的回信，而下一次从里斯堡王子城去伦敦的时候，我就去见了这位提坦。他用中国茶招待了我，还有一盘盐渍山核桃和花生。他那艺术家打扮[2]使得他有一种意想不到的魅力和真实。他穿着一件棕色天鹅绒的晚间便服，向我展示了他的一些珍宝。有一座佛像是他做船长的父亲从中国带回来的，还有一座他自己的著名的半身像的复制品，但我忘了创作者是谁。还有许多亲笔签名照，照片中的人我都有所耳闻但从未见过，其中，沃尔特·惠特曼从墙上向下俯视着。他那儿还有俄国雪茄，

1　提坦（Titan），希腊神话中曾统治世界的古老神族，乌剌诺斯和该亚的儿女。
2　原文为法语。

霭理士医生用俄国或美国的方式,在茶里加入柠檬。我接着向教授讲述霭理士医生对我的影响;我本以为拜会的会是一位离群索居、饱受折磨的科学家,结果却发现了一位艺术家。西格蒙德·弗洛伊德说道:"啊,你将这一切描述得太美了。"

早在1919年的7月,我和布赖尔去锡利群岛时,霭理士医生就已经存在于我的幻想中了。他对康沃尔十分熟悉,断断续续地居住在那里,就像达夫妮所说的"隐居"多年,为了完成他的皇皇巨著。锡利群岛有墨西哥湾暖流流经,对我来说就暗示着地中海。那儿有很多鸟类;它们在某些特定的季节"隐居"于此,有的来自热带,有的来自北极。在那儿,我获得了一种被布赖尔称为"水母"的体验。那儿有棕榈树、珊瑚礁,以及mesambeanthum[1],它们就像睡莲般开在灰色的墙上;这种水下植物的纤维状叶子,以及这些盛放于海中的鲜花,都让我有一种被淹没的感觉。

在布赖尔用来给我们当书房的小房间里,我有一股冲动,想将自己"释放"到某种气球或是潜水钟里,正如我曾经解释的那样,那种气球或潜水钟似乎在我的头上盘旋。那里有一个老式餐具柜,我记得自己那时在想"我一定要

---

[1] 疑作者笔误,应指日中花(mesembryanthemum)。

另找一个罐子来装这些花",因为他们将一大把马蹄莲紧紧扎成一个楔形,塞在一个果酱瓶里。按理说两三把花束再加上一些矛状叶子会更好。壁炉上方有一幅雕版画,那是寻常的兰西尔[1]的《湾边的牡鹿》,现在它已经被褶边或是红纸扇遮在了后面。当我试图向布赖尔解释这一切,并告诉她这也许会有些危险甚至不祥时,她说:"不,不,这是我听说过的最棒的事了。就让它来吧。"

我曾试图为这次奇异的冒险记粗粗记下一笔,题目是《思考与幻象的笔记》。我向布赖尔解释说,我的脚下仿佛有第二个球体或是钟形罩正在冒出。我被困住了。我觉得自己很安全,但视野却像隔水观物一样。我能够感觉到那两个球体来了又去,我本可以立刻将它驱散,倘若我是独自一人,我可能会这么做。但我觉得,在我独自一人时,这一切都不可能发生。只有同布赖尔在一起,我才会投射出这样的幻想,并且那时我一直想着,这对哈夫洛克·霭理士医生来说会是一小段极为有趣的心理学资料。

回到伦敦后,我把我的《思考与幻象的笔记》寄给了霭理士医生。我以为他会非常感兴趣,但他却似乎对此无

---

[1] 埃德温·兰西尔(Edwin Landseer,1802—1873),英国画家、雕塑家,擅长画动物。《湾边的牡鹿》(*Stag at Bay*)是他的插画作品。

动于衷。他或许并不理解我为什么这么做，又或许认为这是一个危险的信号。

霭理士医生虽然不理解，但是教授却完全明白。

当我要离开时，教授问我："你孤独吗？"我说："哦——不。"

是的，我一点也不孤独。那里有博物馆、画廊、城市公园[1]中的小路，还可以拜访那些古老的教堂。我在我的笔记本上潦草地写着，翻看那些从伦敦和美国寄来的杂志书籍。直到回到床上，我才意识到忘了向教授讲述那个昨晚令我在入睡之前耿耿于怀的、关于毛毛虫的故事。现在，我必须把这幅画重新拼合。

我是从哪里中断的呢？某处存在一些障碍。现在我想起来了，确实存在一些障碍。首先，我把父亲的生日完全搞错了。为什么我会把11月弄成了3月？但数字4是对的；是的，父亲的生日是11月4日。

那只毛毛虫？不，它不会在盒子里刮挠或拍打翅膀，因为我确定，当它在织茧的时候，我会把盒盖拿开。为什么是这个盒子和盒盖？教授的等候室里有一幅堪称阴森恐

---

1 原文为德语。

怖的老印刷品，就叫《活埋》。

我一定曾在某一天采摘了新鲜叶子并且找到了那个纺鞘。但一只毛毛虫要用多久来织它那精致的衣裳呢？为什么我忘了那只毛毛虫？为什么我会记得它呢？

我很不喜欢的最后一本书就放在我的桌上。它从伦敦寄来，是另一位狂热的女性记述的她和D. H. 劳伦斯的故事。劳伦斯？他死在3月。

因此我才用劳伦斯的忌日替换了父亲的生日。

5

3月5日

我刚开始就说了,我只是想讲故事,就像《古舟子咏》,但他不知道或是假装不知道这首诗。我把《古舟子咏》与《圣经》联系在一起,因为我有个叔叔有本多雷插图版的《圣经》,在能够读书认字之前,我们会在祖母家,或者自己家里,把书平摊在地板上看那些插图。我以自己的关联,把爱伦·坡和柯勒律治联系在一起,因为据说他俩都吸毒成瘾,坡有他的"丽诺尔"[1]和闹鬼的"厄舍府"[2],柯勒律治有他的"上都"[3]与"忽必烈汗"[4]。我十五岁的时候,曾在费城西区的戈登女士学校受到公开批评,因为我坚定

---

[1] 指爱伦·坡的诗作《丽诺尔》("lenore",1843)。
[2] 指爱伦·坡的短篇小说《厄舍府的倒塌》(*The Fall of the House of Usher*,1843)。
[3] "上都"(Xanadu),忽必烈宫殿。
[4] 指柯尔律治的诗歌《忽必烈汗》("Kubla Khan")。

地说埃德加·爱伦·坡是我最喜欢的美国作家。皮彻女士告诫我说——尽管在那个时候，她也曾鼓励我实现自己的文学抱负——坡会对我产生消极的影响，他是"有害的，病态的"。

如今，躺在这张业界闻名的精神分析沙发上，我感觉浑身上下都在散发着清冷薄荷的气息，某种形式的乙醚，安放在我"病态的"眉额上。现在，无论我的幻想把我带到何方，我都有一个中心，一种安全感，一个目标。我被完全集中在，或是被重新定位在了这个神秘的狮子坑中，或阿拉丁的宝藏洞中。

我被打捞，被拯救了；我像《古舟子咏》中的水手一样遭遇船难，似乎已经听到了隐士小教堂的钟声。还有波德莱尔和他的《恶之花》，但西格蒙德·弗洛伊德却没有一丝邪恶。在其中一个耐人寻味的停顿中，我低声呢喃着："五寻的水深处躺着你的父亲，他的骨骼已化成珊瑚；他眼睛是耀眼的明珠；他消失的全身没有一处不曾受到海水神奇的变幻，化成瑰宝，富丽而珍怪。"[1] 芬芳的雪茄的烟从我脑袋后面的角落里飘出来，萦绕在我的上方。

---

[1] 出自莎士比亚《暴风雨》(*The Tempest*, 1611) 第一幕第二场，相关译文引自朱生豪译本(《莎士比亚全集》第一卷，北京：中国文史出版社，2013年)。

我们是心理的珊瑚虫吗？我们是互相交叠着长出的吗？在锡利群岛，我（在水下）有没有伸出一个触角？我是否在珊瑚虫渐渐成形的时候死去，留下珊瑚的外骨骼，与无数其他多姿多彩的珊瑚花冠或整个珊瑚岛融为一体？我的心理体验是潜于水下的。

我一定要记得告诉西格蒙德·弗洛伊德，告诉他诺曼·道格拉斯评述哈夫洛克·霭理士的警句："他只是盲人国里的独眼人罢了。"

我今天不想谈话。我正在往大海漂流。但我知道自己很安全，可以随时回到坚实的陆地[1]上。是的，我昨天晚上做了个梦，但结局太复杂了。我梦见把自己的《赫底洛斯》[2]寄给了彼得·范埃克，我是在1920年春天去雅典的船上遇见他的。我将不得不跟他讲起这本书，《墨勒阿革洛斯诗歌选》[3]中提到的亚历山大诗人赫底洛斯和他的母亲赫底勒。

我将不得不告诉他，布赖尔也在这个梦中，她在万圣夜聚会上伪装成一只黑猫，实际上那是我的女儿在遗嘱中

---

1 原文为拉丁语。
2 《赫底洛斯》(*Hedylus*，1928)，H. D. 的作品。
3 《墨勒阿革洛斯诗歌选》(*Garland of Meleager*)，公元1世纪出版的古典诗选。

留给我的彼得。是"穿靴子的猫"[1]吗?

不,我无法跟他说出赫底洛斯的事。我跟他讲过什么?我还没提过毛毛虫的故事,这是肯定的。

我对劳伦斯的最后一本书很生气,但这本书让我记住了那个特殊日子。那是3月2日,距离4不远,而2乘2等于4,我们会不会打下一个正方形的地基呢?

为什么要打下地基呢?

我说那话不公平,但我无法应付他那些庞大的小说。它们似乎无法勾起现实感。也就是说,我不容易被那些书中的错乱癫狂所影响。那些书中?还是在迈那得斯[2]的合唱中?我不喜欢他的最后一本书。他去世后出版的这些书,我一本都不喜欢。他们对劳伦斯了解多少呢?

我应该和教授谈谈劳伦斯,但劳伦斯提起精神分析以及教授本人时的傲慢,无论做暗示或推论,都让我特别恼火。

《死去的人》如何?

我不记得了,我没想过。这本书只是对他的哲学的重

---

[1] 《穿靴子的猫》(*Puss-in-boots*),法国作家夏尔·佩罗(Charles Perrault,1628—1703)的童话作品。
[2] 迈那得斯(Maenids),希腊神话中酒神狄俄倪索斯的追随者。

述,但面世的时候已经太晚。

我不是那个意思。

我一直小心翼翼,避免与劳伦斯达成某种妥协,尤其是写《恋爱中的女人》和《查泰莱夫人的情人》[1]的劳伦斯。

然而还有劳伦斯的最后一本书。

他不接受西格蒙德·弗洛伊德,也许他在文章中暗示了这一点。

我不愿再去想劳伦斯。

"我希望与你永不相见。"他在最后一封信中写道。

在劳伦斯去世后,斯蒂芬·格斯特给我带来了这本书,并说:"这是劳伦斯为你写的。"

劳伦斯囚禁在自己的坟墓中;就像挂在等候室的那幅画一样,他被"活埋"了。

我们都被活埋了。

当我关掉床头灯时,故事会自然而然地回到我脑海里。

我似乎无法在白天面对这个故事。

是的,它令人厌恶。我可以看到它在蠕动。"它只是一只毛毛虫。"也许我现在还不能真正开始谈话。我坐在离娃

---

[1] 《恋爱中的女人》(*Women in Love*,1920)和《查泰莱夫人的情人》(*Lady Chatterley*,1928)都是劳伦斯的代表性小说。

娃椅有一段距离的门廊上。我顺着宽宽的木头台阶向下望去。那儿有我们所说的葡萄藤，还有斑驳的树影。他们蹲在葡萄架下。我可以尖叫，我可以嚎哭。这不是一个心灵能够消化的东西。他们在毛毛虫身上撒盐，毛毛虫痛苦地蠕动着，它身形巨大，如同被放在显微镜下观察，又如后来的抽象派电影里的隐现。

不，我怎么能谈论被折磨的虫子呢？我一直在咖啡馆翻阅报纸，有刚发生的暴行故事。我无法讨论与自己真正相关的事情，我不能在1933年的维也纳与西格蒙德·弗洛伊德谈论柏林对犹太人的暴行。

3月6日，星期一

我梦见琼和多萝西在争吵。琼占有了我的一些箱子和珠宝盒：她把我梦中的珍宝视为共同财产，将它们摊开在桌子上。我对她随意占有我个人物品的行为感到很生气。我拿起一个红色天鹅绒内衬的盒子（这个盒子实际上是布赖尔在佛罗伦萨给我买的），激动地说："你真的什么都不懂吗？"琼是个高个儿女孩，我们面对面站着，互相对峙。我说："你真的不懂吗？这个盒子是我母亲给我的。"我把这个红色天鹅绒内衬的红皮革佛罗伦萨盒子摁在自己的心口。确实，生理上，我的心脏因情绪激动而澎湃、疯狂地跳动着。

我记起了D. H. 劳伦斯所使用的凤凰符号，以及我如何将教授想象为鸮、鹰和天蛾。它是手抄本《圣经》中母鸡保护小鸡的另一版本吗？[1]

我的女儿是在3月的最后一天出生的，生在水仙花开的时节，那是《冬天的故事》中"在燕子尚未归来之前，就已经大胆开放，丰姿招展迎着三月之和风的水仙花"[2]。理查德给我带来了许多水仙花，那是英国的"黄水仙"。

我最近一直在读詹姆斯·金斯[3]的《沿着轨道运行的星辰》，并想起了自己的痛苦失望。有一个好心的年轻叔叔把我叫去育婴室的窗前，"看啊，"他说，"大熊座正挂在天上呢。"我在冬天结霜的窗子前面眨了眨眼。在幼儿园的时候，我曾看见过霜花，像繁星。那让我满足。但现在又有另一个奇观展现在我的眼前。我凝视着，眨了眨眼，但并没有看到大熊座。当我告诉萨克斯医生时，他说："这么小

---

1 典出《新约·马太福音》23:37、《新约·路加福音》13:34。
2 出自莎士比亚《冬天的故事》(*The Winter's Tale*，1623)第四幕第三场。相关译文引自朱生豪译本（《莎士比亚全集》第二卷，北京：中国文史出版社，2013年）。
3 詹姆斯·金斯（James Jeans，1877—1946），英国物理学家，天文学家，数学家。《沿着轨道运行的星辰》(*Stars in Their Courses*，1934)是他关于天文学和望远镜技术的科普性著作。

的孩子几乎不会有这种失望的情绪。"也许我解释得不好。震惊我的是叔叔竟然欺骗了我。一个小孩子当然会觉得受伤,或被戏弄了,觉得大人在作弄自己。我不知道自己期待看到的大熊座是什么样的,但白熊、北极熊、雪熊也许都是可能的,因为在平安夜,会有(并且我知道这是真的)圣诞老人与他的驯鹿从我们城镇的屋顶上飞驰而过。当然,我们没有看见过他,因为他喜欢偷偷地送我们礼物。但叔叔跟我保证大熊座就在那里,而且会给我看一张大熊座的照片。

现在,教授为我找了一张厚厚的毯子,让我在沙发上使用。每当我跟他谈起自己关于动物的那些发现和童话般的联想时,他总是显得兴趣浓厚。至少,欺骗我的不是我的父亲。教授说我没有像青春期女孩通常会做的那样,从母亲移情到父亲身上。他说他觉得我父亲是个冷酷的人。

但是,父亲曾在一个雪夜带我们出去,还给我们买了一箱动物玩偶。他把这些动物玩偶分给我们,就像分"潘趣和朱迪"人偶一样。分人偶或挑选动物玩偶时,我们三人之间似乎没有产生过摩擦。哥哥毫无疑问地拿走了大象,我拿了麋鹿,弟弟拿了北极熊。我应该喜欢熊,但我们是按年龄顺序进行第一轮选择,然后才是第二轮选择。我不记得我们的第二个和第三个选择是什么了。

哥哥毫无疑问地拿了潘趣，我拿了朱迪，弟弟很喜欢乔伊。一切都很顺利。然后吉尔伯特毫无疑问地挑了警察，我挑了牧师助理，弟弟挑了另外的人偶——当然是还有个人，我知道这样的选择是可行的。我记不起第六个人偶是什么了——还是我们采取了折中的办法，把小狗托比给了他？

教授最初给我写信时，告诉我他准备在"明年1月或2月"见我。现在已经到时候了，但我们决定再等等，因为他说他担心"北极熊天气"[1]可能会让我心烦意乱。我记得自己写信跟他说过，我想在3月来，无论天气如何。是的，正是在3月的伦敦，我收到了从美国发来的父亲的死讯，不过他肯定早在2月就已经去世了。我母亲也是在3月去世的，那是在八年之后。1927年春天的第一天，我在泰里特的里昂城堡听到了这个消息，那里刚好是母亲和我们一起待过的地方。

再一次，躺在沙发上，我感到有某种磷光从自己的前额挥发出来，我几乎可以闻到这种止痛剂、这种乙醚的味道。

我是否回想起了那摆脱痛苦的幸福，那幸运的预兆，

---

[1] "北极熊天气"（polar-bear weather），指非常寒冷。

那就是我在春分之日来到人世的女儿,而且恰好是在太阳的高潮,在正午时分?

毫无疑问,她星辰的高潮给我带来了好运。

这些事情中的一些,我已经和教授浅浅谈过了。我无法用逻辑或教科书的叙述方式对我们鲜活的谈话内容加以分类。正如他描述我祖父一样,是一种"氛围……"。

我不知道自己为什么选择伦敦的两个挚友琼和多萝西。挚友的意思是她们彼此感情深厚;而我真的只是她们的一个熟人而已。我把她们和自己的几个姨妈联系起来了吗?在瑞士,当可怜的劳拉姨妈来拜访我们时,我母亲告诉她可以拿走自己所有的衣服,劳拉姨妈开心极了。琼和多萝西对我而言只是一种替代,是争夺我母亲的爱的竞争对手。她们是谁并不重要。在佛罗伦萨也是一样。那不多的宝贝对我而言十分珍贵,因为它们带给我联想,一串烟蓝或星蓝宝石和一条手镯(来自一家切利尼[1]曾经当银匠师的店铺),一些陶赫尼茨版图书,真皮镶边、老式平装,用印着图案的红百合羊皮纸重新装订。

---

[1] 本韦努托·切利尼(Benvenuto Cellini,1500—1571),文艺复兴时期著名银匠,平生主要在意大利北部活动,是载入西方工艺美术史的少数银匠之一。

当我关掉床头灯时,我意识到,自己可能在那里见过劳伦斯。

3月7日

我梦见了白胡子的哈夫洛克·霭理士。我们讨论过旧时英国的客栈,或他们所谓的酒吧。这个话题一直持续。我不记得这场对话得出了什么结论,但他谈到了"门"。我最终在自己的梦里思考:"他忘记了我是一个女人,不去酒吧或沙龙——显然,男人之间才像这样讨论各种酒吧和酒吧的门。"但正是撑着自己坐在床上的哈夫洛克·霭理士扮演着病号或精神分析的对象,而坐在他身边的我则是精神分析师。

然后,哈夫洛克·霭理士变成了精神分析师,坐在了教授的位置上,但他缩在沙发里。我想:"哈夫洛克·霭理士会觉得无聊的,他不太关心精神分析,也不是很了解;我怎么能指望他感兴趣或理解我呢?"然后,我们似乎以一种日常的方式继续谈话;他想找一个"有着完美口音"的法国女孩。我说:"我的女儿口音很完美。"这时我醒了,我意识到有人正在敲门—— 一封信从门下的缝隙滑了进来。

我吓坏了,我不想跟教授提到关于血的事情。我打开前门,在黑暗中跑出去迎接我父亲,却发现他头上的鲜血滴落下来……这件事发生在我们从伯利恒搬到费城外的花卉天文台后不久。父亲的意外事故一直都是个谜。他可能是在老式蒸汽电车上滑倒了,也有可能是当地的火车引擎回火了。有一段时间,我们不被允许与父亲见面。我们担心他可能已经死了。当我们终于能去他房间的时候,他靠坐在床上,姿势和我在梦中想象的哈夫洛克·霭理士一样。但父亲的头发和胡须变白了。这是另一个父亲,如蜡般苍白,鬼魂一般。

我想那时候自己已经十岁了。与查德威克女士合作之前,我已经"忘记"了这件事。

三十五年来,我已经"忘记"了父亲的那次事故。

我试图以一种客观的方式概括三个孩子找到他们父亲的故事。我尽力抑制自己对于死亡的恐惧,然后说道:"我们不小心听到天文台里父亲的助手之一埃文斯先生说,是脑震荡。"教授摆了摆手,说:"那不可能是脑震荡。"我不知道他是想让我免于痛苦,还是他觉得某种程度上我在强迫自己进行这场叙述。

在之后的一次疗程中,西格蒙德·弗洛伊德说他看到了我不想被分析的"迹象"。

在环城大道上的一家艺术商店里,我看到了一幅美丽的蚀刻画,画的是教授。

今天，我出门订购了一幅摹本。

我今天病了，浑身发抖，心神不宁，晕头转向。

我觉得应该讨论一下父亲的意外事故，以及这种潜伏的、长期延迟的震惊是如何被发现的。

是的，这是真的，他一定看到了我挣扎的"迹象"。

怎么才能告诉他，我时常能预见灾难的来临呢？

最好是进行一次不成功的或是"延迟"的分析，而不是公开表露出对潜在的纳粹威胁的真实恐惧。

是的，我被"活埋"了。

这就是我的思绪回到劳伦斯身上的原因吗？

我只记得他写的最后一本书。《死去的人》被活埋了。

3月8日，星期三

我梦见一张没有胡子的D. H. 劳伦斯的照片。我有一张没有胡子的父亲的照片，照片上的他大概十六七岁，是在和他哥哥参战之前拍的。他俩还有一些达盖尔银版相片，那种照片里的他们更小一些。显然哥哥更有吸引力。但当我看到银版照片里弟弟的反射面时，我看见了自己。

第一次见到劳伦斯，是在1914年8月战争全面爆发的时候，他穿着晚礼服，看起来更高了。这是我唯一一次看到劳伦斯没有胡子的形象。理查德·奥尔丁顿事后说劳伦斯看起来像是一名穿便装的士兵。

在我的梦中,有一个雅致的"专业"女人陪着劳伦斯,还有一群孩子。这个"专业"的女人是所谓的秘书吗?我短暂地给父亲当过一段时间的秘书。

劳伦斯担任过校长,而我一直渴望教书。在这个梦中,"班级"或家庭中的孩子身形不一,他们站在劳伦斯和年轻女人的后面,围着一架钢琴。

我母亲曾在旧的神学院教音乐和绘画。

现在,孩子们的形象分解或溶解进了一幅有好几艘设备齐全的船模的画面中。

哈夫洛克·霭理士的父亲是一名船长,而我父亲有一本教科书,名叫《实用天文学在航海中的应用》。

我想:"当然了,在英国,这些孩子关于船的知识肯定更多。"

但在我的梦中,我从摆满劳伦斯小说的书架上拿出了一卷。我打开这本书,很失望。我说:"但他的心理学是无稽之谈。"

我羡慕那些写过关于 D. H. 劳伦斯的回忆录的女性,总觉得她们把劳伦斯当成了某种引路人或是大师。我羡慕布赖尔对精神分析师汉斯·萨克斯医生的英雄崇拜。我不能对西格蒙德·弗洛伊德感到失望,只不过我一直怀有这种执念，觉得精神分析会被死亡破坏。我不能和教授讨论这件事。我们第一次见面的时候，他让我想起了劳伦斯。

今天，当我走进咨询室时，教授对我说："我在思考你说的话，你说爱一个七十七岁的老人是不值得的。"我说我并没有说过这样的话。他扬起嘴角，露出了讽刺的笑容。我说："我没有说不值得，我说我很害怕。"

但他让我感到十分困惑。他说："在精神分析中，人在分析结束后就死了。"哪个人？他说："我是七十七岁还是四十七岁，无关紧要。"我现在记起来，等我明年过生日的时候，我就会是四十七岁了。在我生日那天，劳伦斯也会是四十七岁。

教授曾说过："在精神分析中，人在分析结束后就死了——就像你父亲一样死了。"

我记得诺曼·道格拉斯说过："正当我们试图从耶稣基督之死中缓过劲来时，相信另一个犹太人会出现，打乱我们所有的计划。"

一年的其中一天里，H. D. 和 D. H. 劳伦斯是双胞胎。但直到他死后，我才意识到这一点。他出生于1885年9月11日，我出生于1886年9月10日。

斯蒂芬·格斯特给我带来了一本《死去的人》。他说："你知道你是这本书中的伊西斯的女祭司吗？"

倘若斯蒂芬没有把这本书带给我，也许我永远不会读它。实际上，我起初可能有一点生气。我曾对朋友说我想写一本书，我也真的写了。我称之为《彼拉多之妻》[1]。这本书写的是受了伤但还活着的基督在石墓中醒来的故事。我敢肯定是那个朋友告诉了劳伦斯我正在研究这个主题。我的第一个即时反应是："现在他抢走了我的故事。"

这并不是我的故事。乔治·摩尔[2]等人已经写过了。存在着一种古老的神话或传统，说基督并未死在十字架上。

3月8日，下午3:15

我在教授那里进行精神分析的第一周，是从1933年3月1日星期三开始的，那天是圣日，大斋首日[3]。

布赖尔为我安排了三个月，也就是十二周的精神分析。所以，以钟盘来衡量的话，我已经从XII走到了I。或许，我应该以小时计算而不是分钟，我已经从I移到了II。这是我与西格蒙德·弗洛伊德的第二周。

我专注于每分每秒，关注着这几个小时中的细节。

---

1 《彼拉多之妻》(*Pilate's Wife*)，H. D. 写于1920年的作品，生前并未出版。
2 乔治·摩尔（George Augustus Moore，1852—1933），爱尔兰小说家。
3 大斋首日（Ash Wednesday），基督教封斋节的重要组成部分，标志着封斋开始。

现在是3月，是占星学上说的"悲伤之宫"，是传统上的"耶稣受难宫"。然而，占星月并不是完全按日历的月份划分的。大致每个日历上的月份的最后一周为占星月的开始，二者或有重合。所以3月底有时恰逢灵魂上的春分，是复活的日子。

我父亲会研究或观察地球绕日轨道的变化，他称之为纬度的变化。他在这个问题上花了三十年时间，在托勒密于埃及绘制的一幅地图上标绘。教授继续绘制着一幅由托勒密的祖先创造的图表。

有人把这一宫称为双鱼宫，或"秘敌宫"，不过我也看到有人把它称为"玄秘宫"。

但我们不能谈论占星学。至少，我父亲和西格蒙德·弗洛伊德在这一点上态度一致。然而，尽管如此，或者为了反对他们，我在白羊、金牛、双子座中找到了迷人的相似之处。至于约菲，肯定是个狮子座。

我们还有其他的细节，他桌上的画像，太阳王奥西里斯以十二种显现方式翱翔天际；他还给我看过奥西里斯的伴侣伊西斯的铜像。

他们是古老神话传说中的双胞胎。

我的发现对我来说很重要，而且具有一种氛围。

在还没学会走路时，我就已经能看时间了。早在开始学字母表之前，我就认识那三个时钟字母了。

保姆会让我出去看看几点了。楼梯口有座祖父钟。但我真的能够走到那里吗？也许从浅浅的台阶上滑下来会更容易，或者更好玩，因为我似乎总是从地板上抬头看钟面。是的，我会走路了。我带着自己的发现回到了育婴室。"小指针指到V了。"我没法同时记住两个指针，想知道另一个指针示数则要进行新的冒险。单是大指针就已经让我忙得团团转。"它指在I上"，"它指在II上"，或者更晚，"它差点就指到X了"。

所以我又回到了神秘之中；我们的教授写道：个人的童年就是人类的童年。

6

我同父异母的哥哥埃里克和父亲谈论不同维度的时间，标准时间或是行星时间（不管那到底是什么），以及一些我从未记住名字的时间。在父亲发生意外事故的时候，我对"数字"的兴趣受到了抑制，尽管我已经不记得那起事故，但我仍然记得长除法是如何阻碍我，并在我学生时代竖起了一堵高墙，阻隔了过去的快乐时光，而我进入了最不快乐的时期。就在差不多这一时期，我同父异母的哥哥搬来与我们同住，这是一件对我而言很重要的事情。大家都叫他"小教授"。正是埃里克最终帮我克服了我长久以来对于长除法的"抵触"。他带给了我一本《简·爱》和一本原版插图本的《小妇人》。在画着神学院的老图片中，那身着钟形裙的小妇人让我如此着迷。

我不知道自己是从哪里，又是怎样发生这种移情的。但是今日或昨日的移情在我手提包中携带的绿色小瓶嗅盐中却颇为清楚，我"不小心"将它落在了教授的地毯上，或沙发的枕头下面。我没有问教授是在哪里找到那个小瓶的。当他把它还给我时，口气就像是在得意地嘲笑："啊——你把这个给忘了。"他知道我对"遗失的"雨伞的象征意义十分了解。

但如今，这一移情在我们之间已经明了，因此我就接着谈起了劳伦斯。教授说劳伦斯有本书的结尾曾经让他印象深刻。我没有问他是哪本。教授说劳伦斯给他留下了"是个不满足，但拥有真正力量的人"的印象。

弗洛伊德说，对任何一个发现而言，总是存在着多种解释，或两种，或许多种。在我解释自己的梦时，他告诉我，我表现出的关于精神分析的了解，远比他期待的要多。他告诉我，我看手表的行为意味着我感到无聊，意味着期待希望这次谈话快些结束，也许是在希望我反驳他。我那时没有感觉到，当他说我可能对于人生感到不耐烦，甚至在期待他的死亡以便逃离精神分析时，他希望我按字面意思[1]来理解他说的话。又或者他希望我反驳这一点？我应该说些什么呢？

在康沃尔的小村落里有一些雕像。它们沿着一座空屋内的壁炉台排成了一行。这座房子只有一部分家具。我是

---

[1] 原文为法语。

在1918年3月去的。D. H. 劳伦斯告诉了我这间屋子的情况，这座老屋叫作罗西格兰，是间鬼屋。又问我是否害怕鬼魂。我说我从来没遇见过。

在另一间房间的桌上，也呈现着同样或相似的半圆形的画面，奥西里斯，伊西斯。也许我害怕鬼魂。但当教授说"也许你并不快乐"的时候，我没有什么要解释的，我很难向自己解释，也无法找到合适的词写在笔记本上。这个问题并不关乎通常意义上的快乐，而是关乎追求的快乐。

我恰巧处在我父亲的科学与我母亲的艺术之光的边缘或半影中——那正是西格蒙德·弗洛伊德的精神分析学或哲学。

我必须寻找一些新词，就像教授寻找或创造新词来解释某些尚未被记录过的心理或存在状态。

他是浮士德，千真万确。

我们从所谓的科学中撤退，而向后退回或是向前进入炼金术的领域。他说，我对他很不耐烦。那时他正在转动手上一只硕大的图章戒指。

我说我不能失去他，我在见到他之前就已经有他的书了，而在我离开维也纳之后又将再次拥有它们。有一个关于时间的公式尚未被计算出来。

7

3月9日

我梦见了大教堂。我几乎每天都会路过史蒂芬大教堂,而且,我曾在咖啡馆的画报上看到过一些沙特尔大教堂的图片,我一直对它们很感兴趣。梦里有两个男孩陪着我,大男孩带着我到处走走看看,我觉得那个小男孩有些多余[1]。不知为何,我总是会把小费给那个大男孩,现在我也必须给那个小男孩一点东西。这让我很烦恼。(前一天我曾纠结具体该给酒店的两个小听差多少小费。)

大男孩似乎离开了我,所以我遗憾地跟小男孩一起。

那是我的两个哥哥吗?还是父亲和他英俊的哥哥?我哥哥和父亲的哥哥都在战争中离开了我们。

梦中的男孩们看上去并不是酒店小听差。他们是鬼魂。

---

1 原文为法语。

他们正像是另一个人或其他人的"鬼影";当鬼魂显现成哥哥或伯父的形象时,毫无疑问他们就是鬼影。或者,如果我们追问梦里的内容,夹在两界之间的鬼魂如果显现,那就能被视为哥哥或伯父之间的一个台阶。我们每个人都是一间鬼屋。

大教堂才是真正重要的部分。在大教堂里面,我们得到了重生或重组。这个房间就是大教堂。

教授说:"但你很聪明。"聪明的并不是我。我只是将他的某些发现运用到了自己的方程中。这所房子是家,是大教堂。他说他希望我在这里有宾至如归的感觉。

房子以一种难以言喻的方式依赖于父亲‐母亲。在组合或更新的节点上,丝毫没有关于那种矛盾的忠诚感的冲突。教授的关注点和兴趣似乎在于我的母亲,而不是父亲,然而,"移情"于弗洛伊德,把他当成我的母亲,这种说法我并不能完全接受。他说过:"而且——我必须告诉你(你对我坦诚,我也会对你坦诚),我不喜欢被人移情为母亲——这总是让我感到有些惊讶和震惊。我觉得自己非常男性化。"我曾问有没有其他人将他移情为母亲。他语带自嘲——我觉得还有点愁闷——地说:"哦,很多。"

但现在,他说要拿一个新的小玩具给我看。他以前的学生送了他一个科普特陶偶,他十分喜爱。这个小陶偶的形象与约菲惊人地相似。约菲一向坐在地板上,俨然标志,犹如纹章。这个小陶狗看起来很像约菲,我不禁想知道,送他沙发对面架子上那个塑像的人,是否注意到那带着尖尖胡须和不变的淡淡笑容的伊特鲁里亚人[1]形象,与我们的教授惊人地相似。

今天,这张著名的桌子上摆了红色的郁金香,还有排成一行或半圆形的奥西里斯、伊西斯、雅典娜等雕像,正中间是牙雕毗湿奴。

教授走进另一个房间,去找另一只狗给我看。他拿了一只破损的狗形木雕出来。这是一件来自埃及墓穴的玩具。

我告诉他,我记得的唯一一只埃及的狗在卢浮宫里;按标准来说,胡狼也是狗吗?我唯一记得的埃及的狗和他女儿安娜的武尔夫长得一模一样。

是的(我再次说道),我梦里的大教堂是西格蒙德·弗洛伊德。"不,"他说,"不是我——而是精神分析。"

正如他关于我祖父的描述,那是"一种氛围……",地精或滴水嘴兽,哥特式龙、鸟、野兽和鱼,象征着内在与外在的动机;圣徒和英雄的形象,都在这个房间或是这两个

---

[1] 伊特鲁里亚人(Etruscan),古代意大利西北部伊特鲁里亚地区的古老民族,居住于台伯河和亚努河之间。

房间里找到了他们的摹本或"幽灵"。

3月10日

我曾讲过自己对哈夫洛克·霭理士的失望。他对我在锡利群岛的经历并不感兴趣,那是1919年7月布赖尔带我去的。这对我来说实在是一个巨大的打击,因为在撰写《思考与幻象的笔记》时,我把霭理士医生设想成了一个圣人,一个专家。教授说他一直想知道,为什么一个如此有地位且不受外界批评影响的人,要把他的巨大精力放在对性的肤浅记录上。现在,教授说他从我的反应中感觉到,他自己的观点不无道理。他说他很困惑。"他记录了人们所做的很多有趣的事情,但似乎从未想过他们为什么这样做。你看,他让我有点搞不懂,但我一直觉得他的《性心理学》还有一些不成熟的地方。"

我还梦见过自己的一小瓶嗅盐,这是一个泄露出移情的符号。在梦中,我正在盐渍我的打字机。所以我估计自己大概是想用地球之盐——即西格蒙德·弗洛伊德的只言片语——来给自己平淡乏味的文字调味。

我曾试着将自己在战争中的经历写成故事或小说,我的第一个孩子胎死腹中,第二个孩子幸运地出生在春分时节,那时的上升是狮子,太阳是白羊或牡羊。我已经重写了这个故事，以及故事的其他"幽灵"版本，就像《彼拉多之妻》和《赫底洛斯》一样，都是历史或经典的重构。在短诗集《赫利奥多拉》[1]出版之后，有了《复写羊皮纸》这本写得相当松散的中篇小说集，而在它们之后的《赫底洛斯》就像往常一样，只受到行家的赏识[2]。我还觉得最新的一本《给青铜的红玫瑰》[3]并不十分令人满意。我对自己所有的作品都不甚满意，不管是已出版的还是未出版的。

有一些小事，看似不重要，却要优先考虑。我记得教授说过，只有到精神分析结束了之后，你才知道什么重要，什么不重要。随着对沙特尔大教堂的回忆，我回想起同一份画报中的一幅图片，是一个孩子在生日会上的场景。那画面并不十分美好，孩子正在吞食奶油蛋糕，奶油沾到了连衣裙或围裙上。但是现在的孩子是不穿围裙的，对吧？生日的回忆复现。

我的书与其说是死产，倒不如说是脱离于理智而诞生的。有人说《赫底洛斯》是"幻觉式书写"。

然而，我如果变得更具"人性"，似乎就会失去方向感，或丧失自己的散文风格。诗歌则截然不同。没错，诗

---

[1] 《赫利奥多拉》(*Heliodora*，1924)。
[2] 原文为法语。
[3] 《给青铜的红玫瑰》(*Red Roses for Bronze*，1931)。

歌是令人满意的,但与我所熟悉的大多数诗人(我认识很多诗人)不同,一旦诗歌被写出、投射或物化,我就不再对这首诗感兴趣了。我会觉得,那仅仅是我自己的一个部分。

也许这跟我失去了早年在伦敦的伙伴有一定关系,那时正是我写作生涯的初期。你可能会说我的"成功"微小而局限。我对教授的一本书非常恼火,他在书里说(我记得他是这样说的)女性在创造上没有什么成就,除非她们有男性对手或伴侣,得以从他们身上获得灵感。也许他是对的,而我那有移情象征的"盐渍"打字机的梦,进一步证明了他的无懈可击。

和那个大教堂的梦里一样,我有两个主要的同伴:理查德·奥尔丁顿和D. H. 劳伦斯,他们似乎都喜欢我的作品。但我不幸与奥尔丁顿分手了,而且当时无法继续与劳伦斯保持友谊。

但劳伦斯去世后又回到了我的身边,虽然我既没有勇气,也没有力量完全理解这件事。

劳伦斯带着《死去的人》回来了。无论他是否把我比作这本书里伊西斯的女祭司,都不会改变他的最后一本书使我与他和解的事实。如果没有奥西里斯,伊西斯是不完整的;没有潘趣,朱迪的存在亦没有意义。

我确信，在布鲁姆斯伯里的塔维斯托克广场，我与玛丽·查德威克合作的前三个月里从未提及劳伦斯。我觉得查德威克女士无法跟上我富创造力的思维。1931年冬天，在与柏林的汉斯·萨克斯医生谈到这一问题的时候，他赞成我继续与一个男人，一个比我自己更优秀的男人合作，如果可能的话。"教授怎么样？"他问我。当然，如果教授愿意，我会和他合作的。

奇怪的是，在幻想中，一只老虎浮现出来。那老虎代表我自己吗？这只老虎可能会突然跳出来。可能会攻击脆弱而细腻的老教授吧？我是否担心自己对现状的恐惧——那潜伏的"野兽"可能会毁灭他？我把这只老虎称为一个过去的托儿所幻想。如果它确实成真了呢？教授说："我有自己的守护者。"

他指了指约菲，那只蜷缩在他脚下的小母狮。

守护者？

我还记得1914年8月4日白金汉宫外面的聚众场景。[1]

3月11日，上午9:10

我梦见了一面旧镜子。原先是嵌在天鹅绒里的，上面

---

[1] 指1914年8月4日英国对德宣战的事件。

画着星星点点的秋麒麟草。我特别钦佩母亲的这件早期创作，但当我们从伯利恒搬出时，楼下的镜子被丢弃了，挂在费城外花卉天文台楼上的一个小房间里。在我的梦中，这面消失了很久的镜子，再次出现在我们位于泰里特的里昂城堡的公寓里。20年代母亲和我们住在那里。我很高兴看到这面镜子，并为母亲把它从美国带回来而感动。

我重新端详了这面镜子。上面还有其他花，但我只记得水仙，可能因为它使我联想起那喀索斯爱上了自己的池中倒影的神话。

也许我上一本书过于以自我为中心或"自恋"，以至于不能满足我的心。我想在自己作品中融合或注入母亲的艺术。虽然她丢弃了那写实地布满秋麒麟草的天鹅绒，以及同时期的其他珍宝，但如今不管是达·芬奇还是丢勒的作品，都不如她那套"婚礼餐具"上的苹果花、雏菊、蓝铃花和野蔷薇那样能点燃我的激情。千真万确，她从德累斯顿度完蜜月带回来一个碗，上面绘有郁金香和别的花，那让我几乎同样地喜欢。

问题就在这里。丢弃过时的风尚很容易。批评家可以指导和引导我们，但要做到既有批评的眼光，又能重新捕获那毫无保留的激情之火，实在很不容易。

微弱的光在梦中回归。我很高兴能回顾自己的梦并记录下来。让我继续描述最后一个梦，弗朗西斯·约瑟法出现了；在1911年夏天，她和她母亲同我一道乘船去欧洲旅行，那是我第一次（也是她们第一次）去欧洲。她长我几岁，我们当时情同姐妹。后来她有了新的朋友、新的境况，我们便分开了。她来到了我的梦里，说："你还记得……如此这般……如此这般……吗？"仿佛是要伤害或羞辱我。我说："现在我是否还记得都不重要了，只有是否要告诉弗洛伊德才是重要的。"在我的梦中，似乎没有任何争论或反驳可以破坏"弗洛伊德"这个词带给我的喜悦。教授自己指出了他的名字"弗洛伊德"与德语中"Freude"或英语中"joy"的联系。

那时，我已在美国认识了埃兹拉·庞德；如今埃兹拉似乎与弗朗西斯联手了。他讽刺地说："你是什么时候变得如此快乐的——是从昨天开始的吗？"

他们似乎在联手反对我；这么多人试图打破我的信仰。我对埃兹拉说："不敢相信弗洛伊德会接受我——而我现在每天都会去他那里。"这时布赖尔似乎出现了，和在现实生活中一样，取代了弗朗西斯的位置。我们讨论着某个人——是谁呢？也许是埃兹拉，或者劳伦斯，劳伦斯那热烈的抨击有时让我想起早年的埃兹拉。在我的梦中，教授重塑了我的信仰。"如果我那时认识埃兹拉，我就可以让他好起来。"他说。

在梦中,我突然将教授的各种小雕像组成的半圆形与瓶子联系起来。我记得当他把嗅盐还给我时,他说他认为"这个是你的——一个绿色的小瓶子?"

当我告诉教授自己曾迷恋弗朗西斯·约瑟法,而且跟她在一起似乎很快乐的时候,他说:"不可能——从生物学上来说,不可能。"不知为何,虽然跟教授(弗洛伊德——快乐)在一起时很快乐,但我会头疼,感到不安。这也许是因为,最后我试图向他讲述一次特别的空袭,那次我们在梅克伦堡广场[1]的房间的窗户都被震碎了。

---

[1] 梅克伦堡广场(Mecklenburgh Square),位于伦敦市中心。1917年D. H. 劳伦斯住在广场附近,H. D. 曾旅居于此。

8

6:30

当我向教授讲述弗朗西斯和埃兹拉、以及他们对我在精神分析中所收获的愉悦明显缺乏同情或理解时,教授曾说,我正在逃避或者搁置一些不同寻常的记忆;他说我正在把当下的情境或是解决方案付诸精神分析。

我暂时逃避了我的冲突,并相信它们会在梦中被解决或溶解。

在梦中,我们在埃及的尼罗河、里海或宾州的特拉华河边漫步,或者在多瑙河、泰晤士河或台伯河边发现一部分"遗失的"家园或是"遗失的"爱。在这个意义下,这种梦本身就成为奥西里斯,成为超越死亡的世界,抑或跨越睡眠与觉醒的门槛的世界。我们在做梦的时候并不总能知晓这一切。

我试图大致描绘出我在第一次希腊之旅中的一些体验。

我曾经试着去书写这些体验。事实上，这是因为我害怕失去、遗忘它们，或仅将它们视为神经症引发的幻想、战争的残留、幽闭症与流行病，从而抛弃它们，正是这一点驱使我一遍又一遍地重新勾勒"小说"。显然，我正在编织佩内洛普的网。

我可以确定，我的那种体验，是我当时的疾病、我和丈夫的分离，以及与劳伦斯友情的破裂的必然结果。但即便如此，我仍旧不具备任何处理这种幻象的技法。在我离开美国的十年与当时（1920年春）之间，有帷幕降下，如同史蒂芬·格斯特曾说的"石棉幕"[1]。我记得自己是在1911年夏从纽约乘船离开，但我相信在一年之前的1910年我就已经遇到了弗朗西斯，那是个彗星年[2]。

我第一个十年的冒险是从我自己的阿尔戈号——也就是弗洛里德号——开始的，那是一艘在法国航线上行驶的小型蒸汽船，目的地是勒阿弗尔。我第二个十年的冒险是从我的另一艘阿尔戈号——博罗季诺号——开始的，这艘船属于布赖尔所说的她父亲手中的"航线之一"。我第三个十年的漫游或者追寻可以说是从伦敦开始的，当时我决定

---

[1] "石棉幕"（asbestos curtain），通常用于剧院的防火设施。
[2] 这里的彗星指哈雷彗星，根据美国国家航空航天局的记录，1910年哈雷彗星曾被观察到。

接受一轮精神分析，这既是为了我眼下的好处，也是为了将来而强化自己。

我们在我的童年里巡航。查德威克女士是对我最有助益的一位，但她跟不上后来的进展了。我们不断在巡航的过程中前进后退，先是瑞士，而后又短暂到访柏林。萨克斯医生要去维也纳看望他的家人，因此我先出发了，途经布拉格。我在维也纳和萨克斯医生会面了寥寥几次，在那儿我决定，如果可能的话，最好就是直接与教授一同工作。我一边整理书籍、稿件、笔记，一边觉得自己似乎已经准备好最后一次出航了。但在全面清扫屋子时，我没有继续写"小说"，尽管我不忍心销毁那最后的草稿。那本"小说"悬在我头上。范埃克先生是博罗季诺号上的一个人，虽然我们要谈论的乘客不是他，但为了方便起见，我们就这样称呼他。

我并不经常碰到他。我们在海上航行了三周，其中包括在马耳他和直布罗陀停留的时间。我们经历过一场可怕的风暴，它最初几乎只是一阵正在穿越太平洋的大风，但当你将弗洛里德号的大小和情况考虑进去时，它就远远不是大风了，当时是这艘船的最后一次横渡。博罗季诺号不仅仅适于航海，它还有着钢铁船骨，战时曾被用作海军的邮船。正是出于这一原因，它才被布赖尔的父亲挑选出来供我们使用。到处都还是漂浮的水雷。

我告诉了教授我遇见那个并非范埃克先生的男人的经历。我确实以为他就是范埃克，但有一处蹊跷，我从一开始就有所觉察。范埃克先生的左眉上方有一道骇人的、深深的伤疤，这也被清楚地记录在他的护照上，并带有醒目的标记。我记得船长提到过这一点。而船上那个人的左眉上却并没有伤疤。

到目前为止，一切都好。

我书写过，或经常尝试书写我在船上遇到那个男人的经历，因此向教授讲述这个故事并不那么困难。这次重要的"会面"发生在2月，距离我离开伦敦的港口不过几天。总之，我记得那时天气恶劣，不过我听说那个海湾（我以前从未听说有人将比斯开海湾称为"那个海湾"）的天气总是很恶劣。我、布赖尔，以及同行的霭理士医生，在甲板上艰难地行走。那时我穿着一件老旧的蓝色夹克衫，戴着一顶过去我们叫老苏格兰圆帽的贝雷帽，穿着一双低帮帆布鞋。这身打扮虽然普通，却与那个场合相衬，而我那双异常适合航海的腿倒一直令我失足打滑，我确实已经身处一种新的舒适环境之中。同时，我回到了一种旧的舒适环境之中，只在海上这离开伦敦后的短短几天里，我就重返青春，获得了焕然一新的力量。

我实在无法发明一种更加适宜的装束，使我能够更好地表现这种焕然一新的少女状态或青春。甲板已经空无一人，风也渐渐减弱，这使我感到十分诧异。钟表时间正是晚餐前，我像往常一样去客舱更衣。在做从手提箱里抽出干净衣物这件累活儿之前，我有时会倒在客舱床铺上休息片刻。那间客舱虽小，却是船上最好的了。但那艘船其实并不是客船。可以想象，这艘船的床铺被分成两排，为的就是方便某些旅客获得特别优待（在那时，航行许可需要提前几个月甚至几年进行登记）。我记得门上好像有个挂钩。无论如何，那艘船十分简陋。也许更衣之前我已倒在床铺上躺了好几分钟。

在往常应该在床上休息的时刻，我爬上了通往上层甲板的平坦台阶。好吧，那里很安静，但新鲜的空气实在让人振奋，是一种焕然一新的气味，一种焕然一新的体验，尽管自1920年2月初的一个傍晚我们顺流而下以来，一切都已经是一种复活的气息了。

无论如何，甲板仍以某种特殊的方式被清扫过，或者可以说被修饰过了。那儿没什么古怪的躺椅，没有弯腰去捡拾靠垫、散落的毛毯的男孩。可以肯定的是，几分钟之前，当我们与霭理士医生分开时，甲板上并没有几个人。

也许那不止几分钟，但是我们跨越了什么。"界线"？什么界线？我们正沿着比斯开海湾的海岸，沿着欧洲的海岸线航行，但是欧洲已经消失在我们的视野之外了，它原本就在船头的左前方。我嘲笑霭理士医生那一口继承而来的船长行话。右舷，左舷。尽管我在还是女学生时曾尽我所能认真记下了诸如港湾、右舷、下风满舵以及其他所有术语。但那一切都已经离我远去。我满足于诸如左与右、前与后这样的表达。布赖尔一定会说："我们应该向前吗？"是啊——我们应该向前吗？

风肯定一下就减弱了。也许我们也一下就到了葡萄牙附近，夜晚一定会伴随着不属于北欧的柔和与温婉降临，我时常怀念英国触手可及的冬日天空中的这种柔和与温婉。总之，海上有一道堇色的光。

我想着，我一定要去叫布赖尔过来，布赖尔一定不能错过这个。但当我想要回去时，我看到范埃克先生站在甲板栏杆旁，我正站在阶梯口，而他就在我的右边。

好吧——他看见我了。我至少应该说句晚上好。我十分惊讶地注意到，他似乎比我高出一些。我过去从没意识到他有这么高，尽管他的身高很适合当兵，而且肩膀宽阔，体态方正，体重也不会太重。他比我以为的还要高。我不应该盯着范埃克先生。我总是担心他会发现我在无法自控地盯着他左眉上骇人的、深深的伤疤。同样，任何一个庄重得体的人都不能回避向你打招呼的人的眼睛。他的眼睛毫无遮挡，尽管范埃克先生戴着副厚框眼镜。

他的眼睛远比我想象的更蓝，是一种雾蓝、一种海蓝。

他额角的头发不像我想象的那样稀疏。范埃克先生曾告诉我他四十四岁，或是在3月10日即将年满四十四岁。我是9月10日出生的，因此我们就像占星图所显示的那样，并不相冲。双鱼座与处女座对宫，但是我们却在姻亲关系的直线上。我没有告诉他我的生日，但我把这一切都算了出来；我那时三十三岁，当彼得·范埃克在3月年满四十四岁时，我到下一年的9月之前仍旧是三十三岁。

他更高一些。他年纪更长——不，一定更年轻。临近傍晚，应该是到了光线要变得奇怪的时候。但是这时光线并不奇怪。

不能盯着看。但显然伤疤并不在那儿。

他面对我站着，在他的右边是欧洲的海岸线——葡萄牙？海岸线犬牙交错。"大陆。"我说道。我没意识到，如果那儿有大陆，那么它应该出现在船的另一侧。或许是船掉了个头？或是那里还有一些不为我所知的离岛？那儿有海豚。

是的，那儿有海豚。但是在关于海豚的谈话中，有人称其为海猪，也许是那位前往埃维亚岛的工程师说的，他坐在桌旁，挨着霭理士医生。我们四个人分坐左右两边：布赖尔和我坐在一张长桌旁，紧挨着船长。布赖尔旁边是埃利斯医生；我左边坐着范埃克先生。

有其他的海豚加入这群海豚，它们组成了一个奇怪得令人难以置信的图案，它们有节奏地跳跃着，就像是新月或半月一样跃出水面，仿佛在飞行或跳舞。然而，它们是海豚。那位前往的埃维亚岛的工程师难道不是说他一直在寻找海猪吗？

现在是3月，双鱼座，但我并不认为我那时想到了这些。

我不知道我那时在想些什么。我想，范埃克先生可能出于某些原因（也许他是个秘密特工）进行了"化装"。那道伤疤是否是他抹在或贴在脸上的？好吧，范埃克先生并没有像秘密特工一样"化装"自己，是秘密特工化装成了范埃克先生。

不，我不知道这些，仔细想想那时其实是2月，是的，那是在2月。当时还不到3月；2月是水瓶座，朋友宫……

3月13日

教授说他对我那个故事如何进展十分感兴趣，而现在我们已经有了一个框架。

我自己也感到十分好奇。如果教授不能解决我的问题，那就没人可以做到了。我告诉他，在出海的第一个晚上我是多么沮丧，坐我左边的是一个患听障的加拿大老妇人，正要去雅典看望嫁给了一位希腊律师的侄女。我不得不提高自己的声音说话，这使我感到很不开心，并且我想象着，在整个旅途中，我都必须以这样一种紧张且不自然的方式来践行餐桌谈话的礼仪。即使如此，假如每次当那位老妇人询问我的计划——为什么我在这艘船上，以及我是如何登上这艘船的，此时我提高音量说些废话或是尽我所能地无谓客套时，整桌人仍喧闹不停，那可能还不算什么事儿。

那时我还不能辨认出亚历山大一家，或者我根本不知道他们正在前往亚历山大港——那个大男孩叫它"亚历克斯"。而一位工程师和一位传教士（我后来才收集到的信息）则称其为"直布"，他们就坐在不远处，近得几乎可以随时唤来。但无论是传教士还是来自亚历山大的烟草商（我后来才知道他的身份）或是那位前往埃维亚岛的工程师，都没能帮助我摆脱这个困境。

在令人苦恼的两个晚上之后，我发现我还有另一位旅伴,这似乎是个奇迹。

这就是范埃克先生。我不知道他是怎么到达那里的。千真万确,从此那位老妇人直到旅途结束都缩在了她的小房间里。我猜大家都是经验丰富的旅行者了,知道如何安排这一切。对我而言,这简直就是奇迹,旅途的第三天,一位瘦小、富有同情心的中年男子取代了那位耳背的老妇人,他随和而友善,低声[1]与大家谈笑。

我被彼得·范埃克迷住了。他去过很多地方,也在希腊住过一阵子,还在克里特岛从事过发掘工作。他是一位专业的建筑师,还提到他想做艺术家,虽然别无选择。他曾去过一次埃及,帮助修复哈里发或赫迪夫[2]的圣殿还是坟墓。这些话令我耳目一新。他隔着桌子向布赖尔解释何谓"赫迪夫式";我并没有记住那是什么。我只记得那是我第一次听说这个词。

但是我也有所保留。一块石棉幕横亘于我与过去之间,阻隔了我不久之前从爱情和友情那里经历的苦涩断绝。

我重复道:"我们那时已经出发了三周了。"教授说:"这——么——慢?"

---

[1] 原文为意大利语。
[2] "哈里发"和"赫迪夫"都是由奥斯曼帝国所认可的驻埃及总督的头衔。

我们在阿尔赫西拉斯与霭理士医生分别，而后和范埃克先生一起穿越了一片软木林；2月的水仙在草地上星星点点。这是范埃克先生，不是在船上的那个男人，但是我既没有才智，也没有胆量，更没有勇气弄清楚这一切。如果范埃克先生是船上的那个男人，那么我一定会失去什么。如果范埃克先生不是船上的那个男人，那么我也一定会失去什么。我不知道为什么，但是在马耳他，我告诉布赖尔我不希望像范埃克先生建议的那样四人驾车去那座老城。我想我希望和布赖尔独处，以便思考一些我从未质疑过，或是尚未当作问题的事情。回答这个问题意味着失去一个或是另一个，要么是范埃克先生，要么是船上的那个男人。

有时候，范埃克先生就是船上的那个男人，但不是我第一次在比斯开湾海岸遇到的那个。我早该知道的。我的确知道，尽管我还没有承认这一点，不仅是那些海豚不真实，大海本身也一样。那就好像是你在海上航行，那时什么问题都没有，大海却并不平静，轮船也十分颠簸，引擎震动、脉冲，平整的海面碎成无数完美的浪尖，像波提切利[1]画中背景的微澜。是的,这完全不对。

然而餐桌上转向范埃克先生的那一幕是如此自然。"欣赏海豚是一件美妙的事,"我说道,"如果布赖尔那时和我们在一起就好了。"布赖尔问我:"那时候你到底去了哪里?"我觉得她有点不高兴。我说:"我在甲板上。我冲上甲板,为了呼吸一口新鲜空气然后看看日落。我那时在甲板上和范埃克先生一起看海豚。"我转向范埃克先生,希望得到他的确认。

他隔着桌子笑对布赖尔。他有着迷人的风度。船长说:"海豚?那个无线电报员可是我们的海豚专家。他没报告说有海豚出现啊。""可那时确实有海豚。"我转向了范埃克先生以求确认。"它们往哪边游?"船长问道。我在桌子上方指了指我看到飞翔海豚的画面的方向。我说:"它们往这边游了。"同时演示着它们如何"向前"游过范埃克先生,然后潜到桌底。"这就对了,"船长说,"它们会这样游。它们乘风而行。我一定要去找那无线电报员问个明白。"

但是现在我问教授:"如果布赖尔没找到我,那我那时会在哪里呢?"

---

[1] 桑德罗·波提切利(Sandro Botticelli,1445—1510),意大利画家。此处或指他的画作《维纳斯的诞生》(*Nascita di Venere*)。

这也许已经是一个古老的谜题了。也许并没有答案，也许问出口十分危险，因为错误的回答可能会招致死亡（就像面对埃及的斯芬克斯一样）。至少，我能够记录下我经验中的一些细节，可以把它们都写下来，可以一遍又一遍地重新编织这些线索，在这个框架里织出一张挂毯。我那时身处何处并不重要。也许那就像妖精之王的故事一样。也许，那更有可能像阿尔杰农·布莱克伍德[1]的《半人马》一样。

我曾读过好几次《半人马》，最早是在美国。而在我前往希腊的那艘小客船上（如果我没记错的话），也有同样的主题，有同样绝对和确切的一个片刻，那一瞬间一切都发生了变化。就在某个特定时刻，这艘船被附魅了。于是在这里，就在那个时刻，在钟表时间上特定的时刻，在地图上特定的地点，在前往"赫拉克勒斯之柱"[2]的路上，在一艘驶往雅典港口的船上，"跨越了界线"。我想到在《半人马》中，叙述者或说主角知晓在哪一分哪一秒界线被跨越。而

---

[1] 阿尔杰农·布莱克伍德（Algernon Blackwood，1869—1951），英国记者、小说家，擅长写作幻想小说与恐怖故事，《半人马》（*The Centaur*，1911）是他的小说作品。
[2] 直布罗陀海峡两岸的一端峭壁。

我，这个故事的叙述者，并不知道已经跨越了界线。

当我意识到这一点时，已经太迟，我再也不能接近范埃克先生了。他那时已经在去德里的路上了。

德里？德尔斐？[1]

我猜测他们就是用这样的方式来安排这个故事的。如果我在雅典与他分别的时候能够意识到这一点，也许那时就不会分别了。那样的话，我恐怕已经遗失了这个故事。

在长客厅里的那张桌子上，人们关于目的地来来回回争论得上蹿下跳，就像老式乒乓球一样。伦敦、直布罗陀、阿尔赫西拉斯、马耳他、雅典、德里、亚历山大、开罗……最后一次和范埃克先生共进早餐时，我告诉他："我觉得我将会在某个欧洲国家的首都撞见你。"我并不希望特意安排自己与他在雅典的会面。"我会与你在卫城见面的。"他说。

布赖尔和我，还有霭理士先生，在卫城见到了他。但是他让我们自己穿过大门前往帕特农神庙。

晚上8:00

我浑身无力，无精打采。谈话快要结束时，约菲走来

---

[1] 德利（Delhi）与德尔斐（Delphi）在英语中仅一字之差。

走去，我很恼火，我觉得比起我的故事，教授对约菲更感兴趣。我之所以恼火，是因为听到有人在门外发出笑声。我很少能够听到或记住等候室和大厅中发生了什么事。教授说："所以你的记忆都消逝了？"也许他觉得我在赋予这个故事戏剧性情节时确实有些用力过猛，而那全是"一种氛围……"。

但我正色道："不——没有消逝。"

教授问我之后有没有再见过那个男人。我说："我在伦敦又见过他两次。"也许我说话的语气向他传达了我的感受。伦敦的范埃克先生并不是在船上的那个男人。

3月14日，下午2:40

昨晚我又做了一个熟悉的噩梦。我在一家旅馆或是小旅店里，布赖尔和我母亲在另一家。我回到自己的房间，发现一位发怒的女房东未经我同意就把我所有的衣服和杂物都搬到了另一个房间。我很生气，但在梦中却害怕得只敢表现出礼貌。那儿还有几个孩子在玩耍。孩子们都一副事不关己的样子，但显然并没有敌意。女房东瞪着我："但是我们这儿已经没有房间了；你必须马上离开。"

我想办法拿回了我的衣服，这已经让我不堪重负，还要带上几个沉重的行李，但我最后还是设法到了布赖尔和我母亲那儿。我们住在佛罗伦萨的阿尔诺河畔，而阿尔诺河仅仅是一条印着一些脚印的河床罢了。母亲说："你只有在河的这边才会安全。"

我仍然身负重担，并且迷了路。我的母亲就是在六年前的3月份去世的。我们住在佛罗伦萨阿尔诺河畔的伦卡尔诺酒店里。我在1912年第一次与父母一起到访了佛罗伦萨。十四年前的3月，我正在待产。那时我在伊灵的小旅店，等着去圣费思护理所，因为我还身患教授说的流行病。护理所里弥漫着死亡的味道。后来我才知道布赖尔来看我的时候有多么震惊。女房东曾说："如果她死了，谁会来负责她的葬礼呢？"

这个梦的内容我太熟悉了。但我醒来时仍然感到心痛——心痛，是的，不论是在常见的浪漫意义上，或者是实际的生理意义上的疼痛，都使我感到害怕。

当我面对着早餐盘上的维也纳咖啡和面包卷时，我恢复过来，而后走出屋外，拿到了我要送给西格蒙德·弗洛伊德的一幅蚀刻画，那是我几天前在维也纳环城大道预定的。

9

下午7:00

我把自己噩梦后的震惊告诉了教授,那就像心脏遭到猛击。他首先问了范埃克是否奥地利人名。他说:"我有一个想法。"然后匆匆走开,带回一个皮箱,给我看了看印在文件夹内的名字,*瓦内克*。

当听说范埃克先生是维多利亚时代画家的养子时,他很感兴趣,问起他的国籍。我解释说,我认为这是一个化名[1];他来自荷兰家庭,定居伦敦。我说绘画令我想起了母亲。我告诉他,当我们还是孩子的时候,我们是如何仰慕她的画,经常向来访者夸耀:"这是我母亲画的。"但母亲却病态地想要自我抹除。

我接着说,要把彼得·范埃克的故事重新组合起来是

---

[1] 原文为法语。

多么困难，毕竟那是一场传统的相遇或是一出远航途中的浪漫。教授让我解释一下我那关于酒店或者小旅店里两个房间的梦。我告诉他，我认为自己在害怕怀孕时迁移；也可能是出于对死亡的恐惧。他要我提供更多的"历史细节"。我向他倾诉了战争期间发生的很多事，当时我待在靠近我丈夫各个训练单位的小房间里。那时候去任何地方都很困难，而且有一次我从白金汉郡来看病，因为被大雾耽搁而不得不找个房间过夜。我在布鲁姆斯伯里附近闲逛，一个完全不认识的人对我说："我有一个房间可以给你住。"这似乎不太可能，但他打开一排绿门中的一扇，把我介绍给了女房东。他说："这位女士今晚要住我的房间。"这确实发生了。说起来，这似乎是梦的一部分。

教授说："但我知道那个坏女房东是谁。"我毫不知情地问："是谁？"他说："我自己。"我否认了这一点，然后想到我那时在布鲁姆斯伯里的塔维斯托克广场有多么沮丧。玛丽·查德威克在我们为期三个月的精神分析结束时说："你的确喜欢交谈，不是吗？"我把这件事告诉了教授，他说："但是查德威克女士以及你们的合作只是为我们的精神分析做准备。"我说："不，她是一个称职的护士，但不是一个称职的医生。"

教授说，一定还有其他"历史资料"与我害怕被驱赶有关。是的，有很多实际的关联。记得有一次，我和父母来到罗马，经历了一天疲劳的旅行后，我跑到自己房间里，发现柜子空着，梳妆台上没有我的物品，我所有的东西都被搬到楼下另一间卧室里。让我耿耿于怀的不是未被过问的愤怒，震惊——我冲上楼后，发现我的衣服、鞋子等都神秘消失了。我告诉教授，当我回到雷吉娜酒店的房间时，我似乎在开门之前就做好了心理准备，以应对万一我的东西全被搬走了的情况。我想起了我们在佛罗伦萨、罗马和那不勒斯住过的酒店。我觉得自己正身处意大利或意大利周边的城市。

下午3:30

现在我已经在喝下午茶了，我还记得教授问我为什么如此乐意将会面安排在下午5点。我告诉他，我早年在伦敦最快乐的记忆，总是和4点或5点例行的用茶时间联系在一起。这种时候，我可以在笔记本上做梦，为之后和他进行愉悦的交谈做准备。他重申他不希望我做准备。我无法充分解释我其实并没有准备什么。他显然不希望我记笔记，但我必须这么做。

我记得我和街对面的孩子们在茶会上玩得多么开心。我们为这些场合准备了一套中型茶具。那是母亲给我买的，因为我对威廉姆斯家的"真正的茶具"非常着迷。大小介于给大人用的和给孩子用的之间。

我记得这是母亲在我七岁生日时给我买的。杯子、碟子、专盛面包和黄油的小盘子都镶着金边。上面还有缠绕的紫罗兰。

10

下午6:40

教授发现我在等候室看书。他说我想借他任何书都可以。我们再次谈到了约菲。我问起约菲的爸爸。约菲就要当妈妈了。他告诉我约菲的第一任丈夫是一只黑色的中华犬,约菲有一只黑色毛发的孩子,"像魔鬼一样黑",它死时只有9个月大。现在的丈夫是一只金狮犬,教授希望约菲的孩子这次能活下来。他说,如果有两只小狗,狗爸爸的主人会得到一只,但如果只有一只,"它就是弗洛伊德家的一员"。

教授问我是否注意到"行走不便",我没明白他的意思。我说我感觉很好,很享受在附近走动。但他说:"我的意思是,在大街上。"我还是没有完全明白他的意思,说自己在这里很自在,从不感到害怕。我说:"商店里的人都很有礼貌。"教授说:"是的……对女士而言是这样。"

教授又问我迁移或被迫迁移的"历史联想"。我把我的一些发现告诉了他。

我说,"离开房间"或因为淘气而被赶出房间,无疑有着婴儿期的关联。他说:"是的,婴儿期的记忆或联想往往是不快乐的。"

但离开家并不总是一件不愉快的事情。有一次,我被送去一个没有孩子的年轻姨妈家。我永远忘不了她给我玩的那个巨大布制玩偶,那是她童年时的珍宝。她是第一个给我装有各种珠子的小纱布袋并帮我把它们串起来的人。我在查德威克女士那儿做过一个梦,梦见我叔叔的名字叫瓦内克,实际上他叫弗雷德里克。

我又谈到了我们的动物玩偶,他让我回想自己关于老虎的幻想。他问,不是有个故事关于"女人和老虎"吗?我记得是《女人或老虎》[1]。

今天,我的疗程到了第三周。

---

[1]《女人或老虎》(*The Lady, or the Tiger?*),美国作家弗兰克·斯托克顿(Frank Stockton)的短篇小说。

11

3月16日,下午7:00

我看到书架上有一卷阿瑟·韦利的书,就问教授是否认识他。他说不认识。我开始告诉教授我早年间是如何在伦敦的大英博物馆遇见韦利的,当时我正在那里读书,他邀请我去博物馆的茶室喝茶。我们谈论起我带着的一把伞,在商店里称之为晴雨伞[1],我觉得很有趣。后来战争期间,我在伊瑟·冈尼位于切尔西的公寓里遇到了阿瑟·韦利。我说我觉得韦利是犹太人,弗洛伊德说他也这么觉得,但"他改了自己的名字"。

我接着告诉弗洛伊德为什么我在伦敦的时候一直对精神分析敬而远之,直到最近几年才开始阅读相关的书籍,以及大约1920年的时候,在我们位于白金汉大厦的肯辛顿

---

[1] 原文为法语。

公寓里，韦利提出他的一个朋友能够帮助布赖尔，尽管霭理士医生劝阻，布赖尔最后还是接受了几次精神分析。

（此刻我正在一张大理石面咖啡桌上书写，一小束紫罗兰放在了我的笔记本上。我想哭。尴尬的是，我只给了三十格罗申[1]，但拿着鞋盒的乞丐似乎很高兴，然后离开了。曾经，另一束紫罗兰也被这样放在一本平装本欧里庇得斯《伊翁》的书页上，这本书摊开在我入住的科孚岛威尼斯美人酒店卧室的桌上。这似乎是一个"谜"，但一定是布赖尔留下的。）

我继续讲述我是如何在雅典大布列塔尼酒店的客厅里与范埃克分别的。我说我当时快被冻僵了。

霭理士医生和我们同乘一艘船而来，到雅典却住在另一家酒店，他在几周后回了伦敦。太冷了——西伯利亚吹来的风——在我们典雅的客厅角落有一个炉子，一切都是镀金的，还有镀金的镜框——没有柴火，没有煤炭。西班牙流感再次在那里肆虐。

弗洛伊德问起布赖尔有没有得流感。"并不严重。"我解释说。她父亲在那里的一个商业伙伴建议我们离开雅典。我们听从了这位克罗先生的建议，沿科林斯湾而上。夜间，

---

1 格罗申（groschen），德国和瑞士所使用的货币单位。

我们在伊泰阿停了下来，那儿就在去德尔斐的码头或港口的下方。

我告诉教授我在科孚岛是多么快乐——鲜花、泉水、橘子树、铅笔柏、老鼠岛[1]或勃克林[2]的《死之岛》。我告诉他布赖尔对我照顾有加，我们一起散步和驾车，且这段友谊似乎让我适应了正常的生活状况。弗洛伊德评价道："这不是正常，更像是理想。"

他想了解我所说的"墙上的文字"的那些画面，但时间快到了，所以我只是说，范埃克一直在我的脑海里。布赖尔知道这件事。教授说，这个问题比他最初想象的更微妙、更复杂。

他说他不希望我为与他的会面做准备。我说我没有。我说我非常乐意去解决那些旧问题。

当我告诉他在锡利群岛的经历，那两个球体或两个透明的半球体包围着我的超自然感觉时，我说，我觉得这是某种形式的胎儿期幻想。弗洛伊德说："是的，很明显；你已经找到了答案，很好——很好。"

---

[1] 即科孚岛附近岛屿庞蒂科尼西（Pontikonisi）。
[2] 阿诺德·勃克林（Arnold Böcklin，1827—1901），瑞士象征主义画家。他曾在1880年至1901年期间创作了多个不同版本的画作《死之岛》（*Die Toteninsel*），一般认为画中的原型可能是庞蒂科尼西岛。

3月17日，下午2:25

我做了奇怪的梦，梦见些巨大的黑鸟。（昨天的克罗先生？）它们用巨大的喙啄咬我的脚踝。我被吓坏了。不知怎地，我被一个青年或年轻男子救了，那些鸟儿黑亮的喙变成了乌木做的脚镯，戴在我赤裸的脚上。

我学生时代的一个朋友来了。她正在找房间。又是房间。有一处混乱排列的房子或是一座有许多房间的大宅——那是父亲的房子吗？我喜欢玛蒂尔达，也很高兴见到她——但存在一个一直以来的窘境！她会擅自使用我的一个或几个房间吗？这是一种分娩焦虑吗？布赖尔来信说她稍后会来找我，和我女儿一起。

下午6:40

教授让我解释关于黑鸟的梦。

弗洛伊德说，梦中的男人给了我女人气质，所以他迷住了那些鸟。

12

下午6:40

今天我跟教授讲述了图形文字，或是我所说的"墙上的文字"。他想知道我在科孚岛的威尼斯美人酒店卧室里看到的投影图像的确切尺寸，这一组画面形成所花费的实际时间，以及那是一天中的什么时候。我环视房间，发现了我要找的东西。在一个希腊花瓶上，画有一个胜利女神像，我叫她"尼刻"，她就在那组图像之中。我说道："啊，她在这里。"

教授和我走到玻璃柜前。我所看到和描述的图像有些可能是希腊花瓶的剪影。

下午7:40

我为布赖尔拍了一张照片，为的是给教授看。他说这可能是意大利湿壁画的一页。

"她只是个男孩，"教授说，"这很明显。"对另一张照片，他说："她看起来像一个北极探险家。"他喜欢的是另一张，那是我女儿和布赖尔在拉图的房子阳台上拍的一张快照。我告诉教授她们稍后可能来维也纳。他说："我很想见到她们。"这让我很高兴。

他说布赖尔的信"非常亲切，非常温柔"，尽管照片中的她看上去"如此果断，如此强硬"。我告诉他布赖尔是多么坚定和忠诚，以及她如何安排了我们无数次旅行中的一切。当我向他讲述"墙上的文字"时，他问我当时是否感到害怕。我说我没有，但我担心布赖尔会为我感到害怕。他又问了一遍房间的采光情况，可能造成的反光或阴影。我又描述了一遍房间，那扇通向大厅的门，还有一扇窗户。他问那是不是落地窗。我指向他房间里的窗户说："不，是这样的窗户。"

下午8:10

我坐在维多利亚咖啡馆角落的一张软垫长椅上，头顶是巨大的枝形吊灯。看到反光的玻璃水晶时，我想到了威尼斯。

3月18日，上午10:40

我梦见了年轻时的母亲。我们在伯利恒的第一个家的门廊上。弟弟只比我小一岁，但当我看着他在地板上爬来爬去时，我感到无比自豪。他飞快地爬着，匍匐前进着，或者说手脚并用地走着。我觉得他很聪明，这只"小狗"。我试着告诉母亲这一点。她说："但他会弄脏自己的胳膊，弄坏衣服。"他躲在了敞开的大厅门后。我非常聪慧宽容地对母亲说："但这有什么关系呢？对他来说，爬来爬去挺好的，这有助于他的未来生活，加强他背部、手臂和腿部的力量。"他又爬出了家门，我抱他站起身，心怀狂热的感情，用双臂搂住了他。

我把这个梦和教授对布赖尔的形容"她只是个男孩"，还有布赖尔写信说会和我孩子一起来维也纳探望我的事情联系起来。

我后来又做了一个梦。布赖尔对汉斯·萨克斯医生的昵称是"海龟"。一位住在英国的美国朋友出于某种奇怪的原因来到这里。海龟池位于高高的山丘上，毫无疑问这里是瑞士。我在这个海龟池边面对着乔治·普兰克，骄傲地怀揣一只鸡蛋。有一个女人在写作。她说："你们这些女孩——你们穿着伊丽莎白时代的紧身上衣卖弄风姿。"我对乔治怀有一种巨大的自豪，他是一位真正的艺术家，也是一位富有同情心的朋友。然而，我有一种感觉，他不会对精神分析发表意见，尽管他不像我在之前的梦中看到的弗朗西斯和埃兹拉那样，对精神分析抱有敌意。

下午4:00

　　教授几天前告诉我，如果他再活五十年，他仍然会对人类心灵或灵魂的变幻莫测感到着迷和好奇。

13

下午7:00

我迟到了五分钟,因为艾丽丝·摩登在4:30左右突然来了。不过教授马上见了我,他提到了图形文字,或者说"墙上的文字":"这让我想了很久。"

我问他关于狗的事,他们周末都会出去。教授不喜欢猫,觉得猴子太像人了。"我们不奢求它们跟我们一样,也不希望它们成为敌人。"

我向他讲述了劳伦斯第一次在康沃尔谈到的房子里的小雕像或是形象。他问我那些都是什么形象,我说书架上有一幅奥西里斯的画像,坐在末端的是一尊伊西斯的铜像——我想那里有一只蛋形鸮木乃伊。

教授说:"来吧,看看我们能不能找到它们。"

我们走进另一个房间;他从玻璃门后拿出各种珍宝。

我们谈到他曾给我看的一个塞赫麦特[1]。我告诉教授在卡纳克神庙旁边的小庙里有个猫首人身像。当他听说寺庙入口不得不设置铁格栅，以防止发癔症的游客在夜间潜入时，他忍俊不禁。我说阿拉伯人特别敬畏这个形象，他们直到今天仍然对猫首或狮首女神感到恐惧。

我们看了另一个玻璃柜中的形象。有一个长着翅膀的希腊人像——塔纳格拉小陶俑[2]？教授拿出了一座奥西里斯（或类似奥西里斯的形象）的木雕，这座木雕已经因为年代久远有些发黑了，或是被故意用柏油或沥青涂抹。还有另一块蓝绿色的奥西里斯石雕。教授说："他们被称为应答者，因为他们的复身或精魂会在被召唤的时候出现。"

我们回到了沙发上。

我给他讲了我自己为布赖尔构思或制造的场景或图像，那是我们在威尼斯美人酒店的最后一晚。布赖尔看起来情绪低落，或者说很疏远；她的情绪使我感到惊慌和难过。真的，为了逗她开心，我开始制造我所谓的印度舞的图像。山上有一个女孩，有一个药师在树林里寻找植物，还有另一个笑着唱着的人——那是我们的老朋友明尼哈哈。还有

---

[1] 塞赫麦特（Sekmet），埃及神话中的战争女神，狮首人身，即下文中所提到的"狮首女神"。
[2] 塔纳格拉小陶俑（tanagra），古希腊城镇塔纳格拉出土的小陶俑，形象多为衣貌雍容的妇女，曾引起欧洲艺术界的轰动。

其他人：一个西班牙女人，一些南海岛民，一个日本女孩，以及一个来自西藏的年轻祭司。教授说："这是一首组诗，动作却像戏剧，这多半是出于安慰布赖尔的愿望，我不认为这是'谵妄'或'魔法'，倒像是某种形式的附体。"

教授重复道："你看，你毕竟是个诗人。"我暗示，那可能与古老的神秘事物、魔法或预见力有关，却被他否定了。他又回到了"墙上的文字"。这出他所谓的戏剧，在他看来没有神秘可言，但在白天看到的那些投影图像仍然使他感到困惑。

他继续问我，现在闭上眼睛还能看到那些图像吗？我说："是的，即使睁着眼睛也能看到。"他说，这可能是"重要的征兆"。我说我本希望能请一位画家朋友为我画出这组图像，这样我就可以直接给他看了。他说那是没有用的。"只有你自己画出来，这些图像才有价值。"

9:10

我们聊了下鬼魂。我想告诉他康沃尔的许多稀奇古怪的传说，1918年我在那里时，还听到著名的"敲门者"敲门。居民们认为它们是从废弃的矿井里出来的。尽管我没有时间讲述它们对应的古老德国传说中的地精或小矮人。然而，"敲门者"并不是鬼魂般的飘渺存在，他们总是用力地,近乎暴烈地敲门,而且经常这样。

我确实向教授讲述过一件发生在某位曾祖母身上的事:她听到儿子在叫她,于是跑到花园里去接他(在宾夕法尼亚),但她的儿子当时在西印度群岛。其实她儿子在她冲进花园欢迎他回家的那一刻去世了,过了一段时间他们才接到死讯。

3月20日,星期一

我在画廊度过了一个快乐的星期日;我找到了提香·韦[1]、雅各帕·达斯特拉达[2](1477—1576)和帕尔马·吉约梅[3](1544—1628)的作品雕像。还有乔·巴·莫罗尼[4](1520—1578)。其中有一幅画的是一个文艺复兴时期精致、睿智、饱经风霜的意大利人,他站在桌子旁边,桌上有一些小雕像,这让我想起了西格蒙德·弗洛伊德的肖像画,画中他面前的桌上摆着一排小雕像。

---

1 指提香·韦切利奥(Tiziano Vecelli,1490—1576),意大利文艺复兴时期画家,威尼斯画派的代表人物。
2 疑作者笔误,应指雅各布·达斯特拉达(Jacopo da Strada),意大利宫廷画家、收藏家。
3 疑作者笔误,应指帕尔马·乔凡尼(Palma Giovane)。
4 指乔瓦尼·巴蒂斯塔·莫罗尼(Giovanni Battista Moroni),意大利文艺复兴时期画家,擅长绘制自然主义肖像。

14

下午6:40

我在4点20分去了伯林厄姆夫人的公寓。在弗洛伊德那建筑师儿子为她装潢的风格简素的咨询室或起居室里,她娴静、纤瘦、美丽。和教授一样,她也有一些来自希腊的珍宝。她的灰色小狗贝德林厄姆看见我,急忙窜到沙发底下,但后来又爬出来向我示好。我见到了她的女儿,和我孩子年纪相仿,还见到一个十七岁的男孩。另一个孩子正在隔壁房间上音乐课。伯林厄姆夫人矜持、腼腆,她提醒我5点要去楼下找教授,这让我有点尴尬。

我下楼去找弗洛伊德……我告诉了他这次拜访。随后我感到有点失落。也许部分原因是我最近做的梦。我渴望回到伦敦斯隆街上的公寓。这套公寓在屋子的顶层。当我进入楼下大厅时,一个男人和一个粗野的男孩挡住了通往楼梯的路,似乎要威胁我。我不敢顶撞他们……(我无法告诉教授，我心中的这种恐惧与纳粹近期暴行的新闻有关。）我站在那里，感受到了威胁，有些恐惧，就大声喊"母亲"。此时我已经在人行道上，抬头看着我公寓的窗户。它的窗帘与众不同，或者说有点像活动百叶窗。一个人影立在那里，拿着一支点燃的蜡烛。那是我的母亲。

我感到幸福得不能自持，所有恐惧消失无踪。

下午8:20

我们谈到了克里特岛。我告诉他我对去年春天航海旅行有多失望。天气差得没法登陆。有海豚在轮船附近玩耍，而船泊于岩石嶙峋的岸边；激起的浪花中出现一道永不消逝的彩虹。我们看到了山坡上的小教堂，据说宙斯就是在那里出生或养育的。我们谈到阿瑟·埃文斯先生和他在那里的工作。教授说对古物的热爱让我们相遇。他说，他的小雕像和画像藏品有助于留存转瞬即逝的想法，或使它不至于完全消失。我问他是否有克里特岛的女蛇神像。他说："没有。"我说我在伦敦有几位熟人，他们曾经和克里特岛有过一些联系，我可以上天入地，为他找到女蛇神。他说："我很怀疑你是否可能。"

教授谈到女孩和男孩都会恋母，但是女孩通常把这种感情或者固恋（如果有的话）移情到父亲身上。但并不总是如此。克里特岛的母神也与番红花田壁画中的男孩或青年联系在一起。我们还谈到埃伊纳岛。教授继续讲述精神分析学的发展以及在精神分析学草创时期的错误，因为人们还没有充分理解到其实女孩并不总是移情到父亲身上。

他问："你父亲是不是有点冷漠，有点严厉？"我再次解释说，他是那种"典型的新英格兰人"，尽管已经离开新英格兰，从他父亲开始就搬到了西部。教授说，他认为我在科孚岛构思的图像中那个舞剧其实是为了展示给，或取悦于我母亲的。你母亲给你唱过歌吗？我说，母亲声音嘹亮优美，但她对唱歌有些抵触或压抑。外祖母喜欢我给她唱歌，大都是唱传统的赞美诗。哥哥和我在母亲的伴奏下唱过一些儿歌。教授说，这就说得通了。"那问题就简单多了。"我又告诉他，母亲是在春天去世的，就是现在这个时候，我又想起劳伦斯也是在3月去世的。

15

3月21日，星期二

我为教授订的精美蚀刻画倚着我的梳妆台。它变成了"应答者"，就像他给我看的那个奥西里斯雕像一样。

下午6:30

教授被布赖尔的便条和她送给协会的礼物感动了。我们谈到了政治形势。

精神没有边界。

然而，一种强烈的反感折磨着我。

昨晚，那个关于火车的噩梦又出现了。梦里我带着女儿，和我女儿曾经的家庭教师艾丽斯一起去不知道什么地方。一名穿制服的官员搜查了我们的包。他发现了我的旅行酒壶。是干邑？我不想解释也不想道歉。官员（"审查员"，教授？）发现了藏在座位下的另一个酒瓶。还有更多的酒瓶。他把这些酒瓶收入一个空行李箱里,并命令我们跟着他。

女儿、艾丽丝和我在某个地方迷路了,我们走下台阶,正走在一条危机四伏的路上。

教授问我有什么联想,我说我没确切地联想到什么,只是害怕被发现。他说:"也许,你有些顾虑。"是良心不安吗?

我有很多与火车有关的联想。特别记得有一次,刚破晓时我乘港口联运列车到达巴黎。车站自助餐厅提供非常法国[1]的法式咖啡和面包卷。又一次,我逃走了。我热爱英格兰,可一旦越过英吉利海峡,总会有一种近乎癔症的逃离感。我甚至还记得火车站[2]的壁画——是巴黎北站[3]吗?诺曼底的苹果树、海堤和蓝天被前景——橄榄树?橘子树?——所划破,我在几乎没有人的自助餐厅喝着咖啡,一个男孩挎着装满玫瑰的大篮子向我走来。经理或服务员挑了一把玫瑰放在我的餐盘旁边。

然后我想起了这个关于火车的梦之前的一件事。我正在试穿一件绿色长袍。我站在镜子前伸出脚,穿着一双剪

---

[1] 原文为法语。
[2] 原文为法语。
[3] 原文为法语。

裁精美的古典式希腊凉鞋,但看起来非常现代。

教授说:"你描述得太美了。"

离开之前,我叠好了银灰色的毛毯。我一直像毛毛虫、蠕虫一样,蜷伏在蛹里。

教授摇了摇小铃铛,告诉女仆最后一个分析对象就要离开了。他用手肘做了一个像鸟振翅的驱散手势之后,说:"我们已经进入深层的问题。"

他们称我父亲为教授,称我同父异母的哥哥为小教授。我们的教授是正确的,他们不像这位维也纳的西格蒙德·弗洛伊德教授。他更接近祖父和那种宗教,"一种氛围……"

他们来自英格兰北部。我们这些孩子是第九代移民,继承了一个古雅的英格兰名字。六代人经过新英格兰严酷环境的考验和塑造,成为今天的自己。我们父亲的父亲,第七代移民,受到引诱乘着那个时代的有篷马车去了西部。他年轻的妻子为此而感到不高兴,他们本来打算去加州却定居在印第安纳州。他们白手起家,他们的先辈,第一批清教徒就是从这里开始的。

这个地区仍然有一些印第安人。我们的祖父有自己的法则。我们的父亲在田里帮忙,但发现自己不胜耕作。他关于直线的概念更抽象；他从他父亲那里得到了欧几里得的著作。

他们追捕逃跑的奴隶。我们年轻的父亲错过了前往新英格兰的漫长艰辛跋涉中的"巨浪和雷霆"。他仰望天空，水手依据星象航行。

父亲用车床和锯子工作，他在一个木匠那里当过学徒。他学会了木工，纤长的手指培养出对松树、鹅掌楸和雪松的"感觉"。妹妹罗莎借用了维吉尔的作品，向他诠译。当他用那双锐利的灰色眼睛辨别出北斗星群中的十颗星或猎户座剑带上的八颗星时，他仍不知道自己究竟想做些什么，但他知道这就已经足够让他满意了。他找到了大陵五[1]。

他的哥哥阿尔万比他大两岁。他像往常一样正在黑暗中游荡，阿尔万呼唤着他。林肯又开始动员招兵了。阿尔万说："我要去了。"

查尔斯和他一同前往。

两个男孩中，只有弟弟回来了。当母亲问他哥哥临终的情景，他无话可说。他从来没怎么笑过。现在他勉强笑了笑，这是对阿尔万那富有感染力的笑声的拙劣模仿。

阿尔万死了。他不是被子弹打死的。他们在腐烂……

---

[1] 英仙座内一颗明亮的恒星。

他们在……是伤寒。"他很快就死了。"他告诉母亲。他试图回忆林肯上一次演讲的内容,他只记得"这场战争的一个伟大战场",但这不是战争的战场,更不是这场战争的战场……他知道母亲现在觉得,一百万个获得自由的黑人也不值阿尔万的生命。或者母亲没有这样想?最好不要知道她在想什么。他知道母亲努力爱他,他也九死一生地回来告诉她……他过去从未告诉她的事。

他对父亲说,他没有杀死任何一个南方士兵。西利娅希望他不要以那种方式笑,一点也不像阿尔万,而且怕他会呛着。老查尔斯感觉到了。他让西利娅去拿《圣经》。"且比蜂房下滴的蜜甘甜"[1],他随手一揭,读道。西利娅希望这个少年不要这样盯着看。他怎么能告诉母亲临时战地医院的事……最后,无一幸免……他从树丛中爬过。他记得有杜松、桦树、香脂草和山核桃。他低声咕哝着这些圣洁的话语,像祈祷一样。阿尔万死了。他必须想办法回家,告诉他们……"我们才刚抵达营地,南方士兵就离开了——"他的父亲继续读道:"且比极多的精金可羡慕。"[2]

---

[1] 见《旧约·诗篇》19:10。
[2] 同上。

疟疾的后遗症让他浑身发抖,几乎站不起来。每次与西利娅对视,他都会看到阿尔万。他知道西利娅在他身上也看到了阿尔万。他为什么回来了?西利娅想,我们为什么要来西部?谁在敲门?是友善的邻居,他们都太友好了。她差点把一盘玉米饼掉到地上;那是锄头的答答声,或是那匹小马驹又从草地里跑了出来。甚至可能是厨房的钟,滴答声那么大,她从来没有注意到家里的钟。它慢下来了,如果你停下来听。现在时间走得真是太慢了。当她透过敞开的窗户看到查尔斯在门廊台阶上躺成大字时,她差点发出尖叫。他步履蹒跚,还无法跟上犁的速度。

他拿走了祖父的旧泡泡镜手表,放在地板上。他在干什么?用粉笔沿着表盘边沿画一个钟面?一根棍子被用绳子悬挂在天花板的钩子上,默茜在那里荡过秋千。罗莎离开了家,去北部学习当老师。默茜死了。这里没有人可以帮她。他用粉笔在落日的影子上做标记,那是为了什么?他疯了吗?

查尔斯现在多大了?他十七岁的时候和阿尔万一起去当兵,隐瞒了年纪,他们才带走了他。默茜和他是一对。阿尔万和罗莎是一对。她记得轮到她读书时,她就得责令默茜别唱歌捣乱。

读《圣经》而知礼节。

16

3月22日，星期三，下午6:30

我给了教授布赖尔的书。昨天用了一半时间闲聊，因此他今天看起来相当专业和冷漠。我向他描述了昨晚的梦：旅馆，陌生人，大厅中深色皮肤的（或在暗处的）年轻人穿过敞开的门看见了我。我身着玫瑰色画袍或舞会长裙。我很高兴他看到了我，并摆起姿势或摇摆身体，好像要去跳舞。一会儿，他抓住了我，我迷路了（我被找到了？），我们像蝴蝶一样一起摇摆。他说："你真会跳舞。"

现在我们一起出去，但我穿着晚礼服，也就是说，我穿着和他一样的衣服。（我在一家咖啡馆的画报里看到过一些玛琳·黛德丽[1]的新照片。）我穿得不太舒服，不太自在，裤带不太合身；我意识到我的裤子里面穿着普通内衬，或者

---

[1] 玛琳·黛德丽（Marlene Dietrich, 1901—1992），美国演员、歌手。

更确切地说，我穿的是显然属于舞会礼服的长衬裙。这个梦在沮丧和困惑中结束。

这个梦似乎与埃兹拉有些关联；尽管他舞跳得很差，我还是和他一起去了高中校园舞会。教授知道这个名字，埃兹拉·庞德。他说他看过庞德的一篇文章，但没法假装自己看懂了。我告诉教授埃兹拉为何几乎被"拒于我家门外"，以及当时与我父母的冲突。

下午8:20

我觉得自己老了。当我告诉教授，有一个更加年轻的爱慕者曾殷勤又不过火地"追求"我时，教授说："那仅仅是两年前的事。"仿佛我在这个年龄（四十六岁），应该能很好地应对这种琐事。但我记得萨克斯医生带给我们的小说《瓦加多》(*Wagadoo*)。我记得，书中的女人在四十七岁开始接受精神分析，她在那个年龄深深卷入了各式各样的爱情经历或实验。但那是在法国。维也纳也不一样。我告诉教授，我第一次深陷爱情苦恼是在十九岁，那时和埃兹拉在一起。他似乎很惊讶，说："十九岁那么晚?"也许，这是职业习惯或是*说话方式*[1]。

---

[1] 原文为法语。

埃兹拉和我常远足漫步。我记得那些獐耳细辛，美国的春天来得晚，至少和英国相比是这样。如果在3月的最后一天或最后几天，我能发现第一簇蓝色花朵，或是五叶银莲花、血根草的一根纤弱的茎，我就胜利了。在3月找到鲜花对身处此地的我们来说是莫大的胜利。

我没有时间谈论我那关于两个像来自日本的小矮人的梦。他们的姓氏是银莲花。（日本银莲花……在我的孩子出生前，布赖尔一周好几次给在圣费思护理所的我带来银莲花；银莲花与那段时间有特别的关联。）我和母亲讨论那两个小矮人，我们都为他们竟然用花作为名字而感到恼火。

17

3月23日，晚上8:45

我开始滔滔不绝地讲弗雷泽和《金枝》。教授招手让我坐到沙发上："还有什么要坦白的？"我说没有了，我想再回到老地方："我想讲回范埃克，你还记得范埃克吗？"他说："当然。"我告诉他，说到这些使我感到羞怯，难以启齿。我告诉他装在555香烟盒里的水晶，还有一封信，是范埃克从亚历山大寄给我的。当时我和布赖尔在康沃尔的马利恩湾。这个香烟盒在前一年的夏天寄到了我们在肯辛顿白金汉宫找的带家具的新公寓。在这之前的那个夏天，也就是1919年7月，我们先一起去了锡利群岛。当我感觉自己似乎被两个钟形罩包围时，这块水晶似乎使我见到幻象，或达到了一种超验想象的状态。

我告诉教授，几年后我遇见了范埃克的表姐，或者更确切地说是她妹妹，范埃克给她写了一封信，附在这份寄给我的马利恩湾笔记里。我呈上了这封信，连同一小册我的诗集寄给了她，但范埃克女士没有回信。后来，我在寇松街的华盛顿酒店里遇见了她的妹妹，我去伦敦时就住在那里。

那时，我感觉范埃克完全是幻觉，是我的臆想，但当我向年轻的范埃克女士提起他，以及他在船上帮助布赖尔学习希腊语时，她说："是的，他一直有语言天赋。"所以，范埃克是存在的，还有这位女士，以及与我素未谋面的那位年纪稍长的女士，那实际上是他的表姐。

那么范埃克是存在的。在华盛顿酒店的卧室里，我拿起了电话簿。在此之前，我从未想过他可能会回到英国。但是电话簿里有这样一个奇怪、不同寻常的名字。我问了电话号码，很快就得到了回应。这是贝尔塞斯公园的电话号码。这把陌生的、让我觉得有点敷衍的声音说："你想找范埃克先生还是范埃克夫人？"

这对我而言是个莫大的震惊。我本来第二天就要去巴黎，但我设法推脱了。我在那里见到了布赖尔。她说我的震惊其实是情绪的延伸；也就是说，她觉得我把这种震惊叠加在了我们去希腊之前我与奥尔丁顿分手的第一次震惊之上。

但是范埃克之谜仍然困扰着我。还是在伦敦，在斯隆街的公寓里,我查阅了一本电话簿;又是范埃克,那是另一个号码。

这似乎是市区的电话号码,我觉得是一个办公电话。我当时已经准备好应对任何震惊,但是一个令人愉快的年轻声音应答了,他说等范埃克先生回到办公室会把我的号码给他。范埃克给我回了电话,他来见我了。当时还有其他人在,有肯尼思和布赖尔,还有一个从纽约来的陌生女孩,是个什么作家,很漂亮,穿着夏天的连衣裙。这个人一定是范埃克,但我怀疑如果我们在街上相遇,我是否能认出他来。

18

3月25日

然后我继续讲述范埃克的一连串事件。1931年春天,我收到一张卡片,当时我住在塔维斯托克广场的一个大房间里,隔壁是查德威克女士。我们和舅舅取得了联系,就是我母亲的天才音乐家弟弟弗雷德里克……范埃克。

这张卡片是用来通知或邀请参加范埃克先生任职牧师的教堂仪式的——我相信卡片上是这么说的。这似乎是一个奇怪的大转变。

然而,卡片上有他的名字,有他新的职业选择,还有"请把托盘给我"的字样。[1]

当我再次回到斯隆街的公寓时,我又开始写作了。范

---

[1] 这里的卡面字样"Tray for me"应该是在讽刺卡片上将"Pray for me"("为我祈祷")拼错了。

埃克先生前来拜访，一个朋友和我在一起，就是先前出现在我梦中的琼与多萝西中的多萝西。

现在范埃克先生消失了，但我至少被告知了他的计划。他将在多塞特的一所高教会派[1]或盎格鲁天主教圣方济各基金会"静修"一段时间。

教授说，这些细节只不过证实了他的第一印象，或者说看法，即我关于范埃克的经历或固恋可以追溯到我母亲那里。舅舅，教堂，艺术。

教授问我是否曾想上台表演。他说，他觉得我把这些事件叙述得如此具有戏剧性，就好像我来找他之前已经"预演过"或"准备过"。我告诉教授我非常喜欢"化装"，不过大多数孩子都喜欢。在我们的第一个家里有一些旧的舞台道具，是一位退休的首席女演员留给我母亲的，她曾在我祖父所在的老学校教唱歌。教授说他从我的话中感觉到了某种"抗拒"。

我感到疲惫与不安。我在卧室里给自己做了一杯热柠檬饮料，然后吃了西巴耳京[2]……好好休息一晚吧。天气干冷，但早晨晚些时候我还是要出来晒太阳。

---

[1] 英国圣公会中的高教会派或运动；该教派强调天主教基督教教界、主教权威性以及圣典、仪式和礼节的重要性。
[2] 西巴耳京（Cibalgine），一种止痛药。

19

再一次,教授问我是否为我们的会面做了"准备"。我说我来这里之前一直都在写信。我做过一个关于大海的梦,恐惧……这与我的弟弟有关,他曾经也是"那个婴儿"。

是的,学校里曾有一些娱乐活动,勉强算得上"表演"。那时有凯特·格里纳韦[1]的游行表演或系列展,而我还有一首诗要背诵,"在窗下,是我的花园"[2]。还有(后一年是)《鹅妈妈童谣》[3],但我对我扮演的玛菲特小姐的蜘蛛角色[4]感到失望。弟弟穿了蓝衣男孩的服装,我在那之后把它占为己有了。而哥哥则更喜欢华丽的服饰,比如老国王科

---

[1] 凯特·格里纳韦(Kate Greenaway,1846—1901),英国童书画家。
[2] 出自凯特·格里纳韦出版于1879年的插画短诗集《在窗下》(*Under the Window*)中的一首同名诗《在窗下》("Under the Window")。
[3] 《鹅妈妈童谣》(*Mother Goose*)是英国传统的童话故事系列,凯特·格里纳韦曾在1881年将《鹅妈妈童谣》绘制的插画结集出版。
[4] 原文为法语。

尔的服装。[1]

我提到了那位马戏团的"夫人",她穿着紧身衣,在驯狮子。

在我十五岁那年,学校里来了个有一半法国血统的女生,我如今宁愿叫她莫法特(Moffat),她让我回想起了那位令人失望的玛菲特小姐(Miss Muffet)。但当我和蕾妮在一起时,我总是能在她为我们安排的戏剧表演或你演我猜的游戏中当主角。蕾妮看过萨拉·贝纳尔[2]在《小鹰》[3]中的表演,并且能在我们面前演整出场景。教授建议我去一趟美泉宫,亲眼看看赖希斯塔特公爵[4]的公寓。

教授再一次重申,他希望我们在做的事是自发产生的。他不鼓励我记笔记,事实上,他希望我从未记过笔记。

我继续谈论关于蕾妮的事。她的全名是蕾妮·雅典娜,出生在雅典,她的父亲在那里工作。正是在她家里,我第一次(也是最后一次)体验了桌上通灵[5]。不得不说我几乎毫

---

1 蓝衣男孩与老国王科尔均为《鹅妈妈童谣》系列故事中的人物。
2 萨拉·贝纳尔(Sarah Bernhardt, 1844—1923),法国女演员。
3 《小鹰》(*L'Aiglon*)是由法国作曲家阿尔蒂尔·奥涅格(Arthur Honegger, 1892—1955)和雅克·伊贝尔(Jacques Ibert, 1890—1962)创作的六幕歌剧。
4 原文为法语。赖希斯塔特公爵(Duc de Reichstadt),即拿破仑二世,他在1818年受封该爵位。
5 桌上通灵(Table-tapping),据称能够通过敲击桌面与灵魂进行交流的通灵方式。

无收获。但这一时期,也就是我青春期的前几年,让我回到了快乐的童年。母亲总会和我们玩万圣节游戏,"为了好玩"而算命,以及其他各种游戏,譬如让塞了一截小蜡烛头的坚果壳漂在一盆水上,从而预测未来。我们只有在万圣节的时候才会玩这些游戏。在我第一次去戈登女士学校的那个万圣节,蕾妮假装见到了鬼魂——也许她真的见到了也说不定。她的名字当然让我着迷。在那之后不久,我就第一次亲眼看了一出真正的希腊戏剧,是由大学里的学生表演的。后来,我的朋友弗朗西斯·约瑟法——正是她陪同我第一次去的欧洲——向我展示了她身着希腊服饰的美丽的照片;她曾经在一些戏剧中演过小男孩或男青年。

此刻我想起了安妮·阿勒斯,以及我是怎样和(出现在我梦中的)多萝西一起听她唱歌的。那是在伦敦,她从一扇窗户中走出来。我在我常去的咖啡馆的画报里看到了这一幕。她扮演的是杜巴丽夫人[1]。也许她也在《小鹰》中出演了一个角色。

我唯一一次有关"幽灵"的体验是在康沃尔,那是战争的最后一年。但是这些存在,即这些"敲门者"实在过

---

1 原文为法语。杜巴丽夫人(Madame du Barry,1743—1793),路易十五的情妇。

于有名，每个人都曾经听到过他们敲门。

不知怎地，我回想起了锡耶纳[1]的狼。传说雷穆斯是锡耶纳的建立者。也许，我正在想那失去的伙伴，那个我从未有过的姐妹，最好是一个双胞胎姐妹。

我们讨论了希腊人的常用名。海伦——我的母亲，艾达——我们的护工，以及这个蕾妮·雅典娜。

蕾妮的母亲在戈登女士学校教授年纪小一些的孩子们法语。弗朗西斯的母亲是费城一家幼儿园的主管。我自己的母亲在伯利恒一所旧的神学院教授音乐和绘画。

在我七岁的时候，希腊人对我而言最为生动；那时海伦女士会在星期五下午的学校里给我们读《杂林别墅里的希腊神话》[2]。潘多拉[3]、弥达斯[4]、戈耳工的头颅——那个关于珀耳修斯和守护者雅典娜的特别故事构成了我了解希腊的基础或背景。

---

1 锡耶纳（Siena），意大利南托斯卡纳地区的城市。下文中提到的狼是该市著名雕塑，取材于罗慕路斯（Romulus）与雷穆斯（Remus）的故事。
2 《杂林别墅里的希腊神话》(*Tanglewood Tales*)，纳撒尼尔·霍桑（Nathaniel Hawthorne）写作的以希腊神话传说为底本的故事集。
3 潘多拉（Pandora），希腊神话中赫淮斯托斯用泥土造成的女人，众神赐以诸善。
4 弥达斯（Midas），希腊神话中的弗里吉亚国王，以富有出名。

神话传说的奇迹是不容置疑的；西格蒙德·弗洛伊德也会运用，并合理化这一点。

1933年6月12日，星期三

我在这个星期六离开维也纳。

我遵从教授的建议，没有继续记笔记了。

我们再一次，更加细致地讨论了我第一次希腊之旅、我关于幻视海豚的梦，以及"双重"范埃克。

我们也再次讨论了埃及之行，法老王坟墓的开启，还有卢克索[1]和菲莱[2]。

我梦到我写的两本书。"其中有一本已经写完了，"我说，"剩下的一本也要完成了。"

教授说雅典娜就是戴着面纱的伊西斯，或是战争女神奈斯[3]。他找出了雅典娜的小雕像，并把它放在我手中。当我向教授描述"墙上的文字"时，在我们眼前的花瓶上，还有另一个雅典娜，或者说长着翅膀的尼刻。

我又想起了长着狮首的塞赫麦特，并且向教授谈起了我们在卫城发现的一件猫形雕像。

---

1 卢克索（Luxor），埃及古城，位于南尼罗河东岸，保存有卢克索神庙。
2 菲莱（Philae），埃及岛屿，保存有菲莱神庙。
3 奈斯（Neith），埃及神话中的狩猎女神。

6月15日

  接连不断的流言或许是导致我昨晚做梦的原因,那是一场噩梦。一只巨大的黑色水牛,野牛,或是公牛,正在追逐一辆我们都挤在里面的运货马车或是载客马车。

  马车坠入了悬崖吗?我们在车厢里吗?

  我们中的一些人,六个或是八个人,正坐在山坡上,问道,我们已经死了吗?

附录

弗洛伊德致H. D.

初冬里的一天，我在瑞士H. D. 当时的住处，读到了弗洛伊德写给H. D. 的信件。那时我便清楚地意识到，它们多么合适被收进她这本向"教授"致敬的书的附录中。不是作为对书中内容的佐证，而是作为弗洛伊德给予H. D. 的那份友爱的温情的一个延伸。当H. D. 正在寻求自我、寻找方向时，弗洛伊德向她充满创造力的灵魂施予了许多温暖。

所以，我请求H. D. 准许了在这本书中发表这些信件。后来，我又找到了弗洛伊德版权的继承人，他们从中挑出了九封可以发表的。其中，日期为1933年7月20日、1935年12月28日、1936年5月、1936年9月20日 和1937年2月26日的这几封信是用德语写的，由安娜玛丽·霍尔本翻译成英语。其他的几封信都是弗洛伊德自己用英语写的。

附录中的所有信件都"经西格蒙德·弗洛伊德版权有限公司许可"。

N. H. P.

亲爱的奥尔丁顿夫人：

我不知道你是否懂德语，所以请你暂且容忍我糟糕的英语。对一个诗人来说，这可能尤其难以忍受。

你得明白，我索求你的著作并不是出于批评或者鉴赏的目的。我已获悉，读者对你的作品高度赞赏。我对诗歌几无判断力，对外语诗歌尤其如此。我是想借此了解一下你的性格，为与你会面做铺垫。我同你的著作一起等候你的到来。（我的一位美国朋友今天给我捎来了《复写羊皮纸》。）

目前我与我的病人们（或者学生们）的关系特别复杂。我希望能在未来几周之内把一切安排好。我会尽量不让你久等。

致以诚挚的问候，
弗洛伊德

1932年12月18日
维也纳9区，伯格街19号

亲爱的女士：

我没有回复你在12月底寄来的那封迷人的信。那时我还期望，很快就能请你来我这里，但是事情的进展出乎我的预料。我没能为你找到合适的时段，因此只能一直推迟。我已经收到了你的第二封信，连同那本关于H. 埃利斯的书。它们都将在这里等候你的到来。我知道，你也愿意将行程再推迟一段时间。但我不想推延太久，我已经下定决心，就算需要强行做出一些调整，也一定要为你做好必要的安排。另一方面，我不能让你在眼下这种刺骨的严寒中长途旅行，更别提搬家，况且现在流感蔓延，而我听说你的身体不太好。你愿意在初春时节，大概4月或者5月的时候来吗？健康因素着实难以预料，很容易导致计划失败。

萨克斯写信提到了你和你在波士顿的朋友们。我没有收到H. 埃利斯的来信——我已经拿到了纪念他七十岁生日的这本书，并且注意到了书里揭示的这位高尚的人物。

向你和你的朋友们致以最诚挚的问候，
弗洛伊德

P. S. 很高兴你懂德语。

1933年1月26日

维也纳9区，伯格街19号

亲爱的 H. D.：

感谢你在如此悲伤的情境下还回复给我这封长信。我已经收到了布赖尔从伦敦寄来的信。也许未来如何将取决于 E. 女士的感受。我对约菲和塔图恩说："你们这些粗心的家伙，根本没有意识到约翰爵士已经死了，珀迪塔可能再也做不了你们的养母，你们也永远去不了肯温别墅了。"既然不得不与它们告别，而且这次离别对你来说如此艰难，那么你也只能希望它们能够得到妥善的照顾。家里这些狗的状况非常混乱。因为两只母狗都在发情，我们不得不把武尔夫送去了卡格兰。约菲与吕恩之间有那种根植于女性天性之中的强烈敌对，以致善良温顺的吕恩被约菲咬伤，于是眼下吕恩也被送到了卡格兰，未来如何处置还不确定。

至于家里的人类居民。我只能说，他们病了许久，直到现在才开始享受夏天。

我相信之后会听到你开始写作，不过这种事情从来不能强求。我相信，之后我会听到这个好消息的。

你所讲述的那场西班牙历险真是既可怕又神秘。

……

致以最诚挚的问候，

弗洛伊德

1933 年 7 月 20 日
维也纳 9 区,伯格街 19 号

亲爱的H. D.！

距离你第一次来我这里真的已经过去整整一年了吗？是的，后半年以来我一直在受苦，因为另一个小手术产生了一些不良反应，那个手术是为了减轻我的习惯性疼痛。但这毕竟不是一件悲惨的事，只是衰老的身体组织日渐退化的必然表现，所以我并不抱怨。我知道自己已经"逾期"了，还拥有的一切都是意外获得的礼物。

永远离开这个领域和这些奇观的想法并不令我感到特别难过。我没有留下什么遗憾，时代如此残酷，而未来似乎还有灾难降临。有一段时间，我们一度怀疑自己不能继续在这座城市、这个国家生活下去——在七十八岁时流亡国外真不是一件舒服的事——但至少目前，我们已经脱离了这种危险。

我们经历了一周内战。个人倒是没有遭受什么痛苦，只是有一整天没有电灯。但"情绪"很糟，感觉像经历了一场地震似的。毫无疑问，叛乱者都属于国家人口中素质最高的那一部分，但他们即使获得胜利也将无法维持，并且还将把战火烧到全国各地。此外，他们都是布尔什维克主义者，我不指望共产主义能救赎我们，所以我们无法对内战中的任何一方感到同情。

得知你还没有开始工作，我很遗憾。但是，根据你自己的说法，这股力量正在酝酿。我陆续收到了珀迪塔在旅行中寄来的明信片，最近一张发自特立尼达岛。真是个快乐的女孩！

代我向布赖尔问好。别忘记我。

> 总是爱你的，
> 弗洛伊德

1934年3月5日

维也纳9区，伯格街19号

亲爱的H. D.和珀迪塔：

我还是更愿意继续用德语写信。圣诞节前后，这里如往年一样比平时更加多云多雾。但是，有一株香气芬芳的植物傲立在我房间内室的窗边。我只在花园里见过它盛开的样子，一次是在加尔达湖区，一次是在卢加诺山谷。它让我想起了过去的日子。那时我还可以四处走动，亲自去欣赏南方的明媚阳光和美丽的自然风景。它是一株曼陀罗，是烟草的高贵近亲。烟草叶在过去曾给予我许多帮助，现在却不太能了。

或许不该送八十多岁的老人一份这样美的礼物，因为他的愉悦中会夹杂太多感伤。但有一件事是肯定的：我配不上你和珀迪塔送来的这份礼物，因为我甚至没能定期回复你们友善的来信。

我也衷心祝你们1936年一切顺利。还有许多事情在等着你和珀迪塔，尤其是珀迪塔。我希望其中大部分都是美好和解放性的事情。另外，还请布赖尔务必接受我的感谢。

带着温暖的友情，
弗洛伊德

1935年12月28日
维也纳9区，伯格街19号

衷心感谢你

我八十岁生日之际

送来善意的问候

你的弗洛伊德

你能原谅我如此原始地回复你充满友爱的言语吗?我相信约菲一定为被你提到而感到非常自豪。信不信由你,6日一早,她跑到我的卧室里来,用自己的方式向我示好,这是她此前此后都从未做过的事。一只小动物是怎样知道有人要过生日了呢?

1936年5月

亲爱的H. D.

截至昨日，你寄来的白牛全都安然无恙地到达了，我用它们装饰了房间。

我曾以为，我早已对所有的赞美与指责都无动于衷。在读你写下的句子时，我意识到自己多么喜欢它们，我当即感到此前误判了自己的坚定程度。但转念一想，我又觉得自己没有错。你给我的不是赞美，而是爱，我不必为自己感到满足而羞愧。

在我这个年纪，生活不易。但春天很美，爱也是。

总是爱你的，
弗洛伊德

1936年5月24日
维也纳19区，施特拉塞尔路47号
维也纳9区，伯格街19号

一位八十岁的朋友在你五十岁生日之际送上衷心的祝贺。虽然姗姗来迟,但绝对真诚。

弗

1936年9月20日
维也纳9区,伯格街19号

亲爱的 H. D.：

我刚读完了你的《伊翁》[1]。这部（我之前不曾听说的）戏剧和你的评注都深深地触动了我，尤其是结尾处你对理性战胜激情的赞美。为你送上我的钦佩之情与最诚挚的问候。

你的，
弗洛伊德

1937年2月26日
维也纳9区，伯格街19号

---

[1] 《伊翁》(*Ion*，1937)，由 H. D. 翻译并评注的欧里庇得斯戏剧。